やさしさを忘れぬうちに

川口俊和

サンマーク出版

プロローグ

とある街の、とある喫茶店の
とある座席には不思議な都市伝説があった
その席に座ると、望んだとおりの時間に戻れるという

ただし、そこにはめんどくさい……
非常にめんどくさいルールがあった

一.　過去に戻っても、この喫茶店を訪れたことのない者には会うことはできない
二.　過去に戻ってどんな努力をしても、現実は変わらない
三.　過去に戻れる席には先客がいる
　　その席に座れるのは、その先客が席を立った時だけ
四.　過去に戻っても、席を立って移動することはできない
五.　過去に戻れるのは、コーヒーをカップに注いでから、
　　そのコーヒーが冷めてしまうまでの間だけ

めんどくさいルールはこれだけではない

それにもかかわらず、今日も都市伝説の噂《うわさ》を聞いた客がこの喫茶店を訪れる

喫茶店の名は、フニクリフニクラ

あなたなら、これだけのルールを聞かされて
それでも過去に戻りたいと思いますか？

この物語は、そんな不思議な喫茶店で起こった、心温まる四つの奇跡

第一話「離婚した両親に会いに行く少年の話」
第二話「名前のない子供を抱いた女の話」
第三話「結婚を許してやれなかった父親の話」
第四話「バレンタインチョコを渡せなかった女の話」

あの日に戻れたら、あなたは誰に会いに行きますか？

『やさしさを忘れぬうちに』人物相関図

桐山健二《きりやまけんじ》
ユウキの父。妻の葵と離婚することをユウキに打ち明けるために、クリスマスにフニクリフニクラへ行く。

夫婦

桐山葵《きりやまあおい》
ユウキの母。健二の妻。ユウキが生まれ、仕事を辞めたことから、夫とすれ違ってしまう。健二とユウキとともに、クリスマスにフニクリフニクラへ行く。

親子

桐山《きりやま》ユウキ
七歳の小学生。去年のクリスマスに、離婚する両親の前で泣いてしまったことを後悔して、過去に戻る。

過去に戻る

清川二美子《きよかわふみこ》
フニクリフニクラの常連客。アイドル級の美人。以前、別れた恋人に会うために過去に戻った。

常連

平井八絵子《ひらいやえこ》
フニクリフニクラの常連客。旅館「たかくら」の女将。以前、事故で亡くなった妹に会うために過去に戻った。

常連

時田流《ときたながれ》
時田数の従兄で、喫茶店のマスター。身長2メートル近い大男。

従兄妹

夫婦

時田計《ときたけい》
流の妻で、ミキの母親。心臓が弱く、ミキを出産後に亡くなった。

親子

時田《ときた》ミキ
時田流と故・時田計の娘。2歳。

望月文雄《もちづきふみお》
佳代子の夫で、洋子の父。口下手で、本心を言うと、相手からは暴言と捉えられてしまう。洋子の結婚に反対し、洋子は駆け落ちしてしまう。

夫婦

望月佳代子《もちづきかよこ》
文雄の妻で、洋子の母。洋子のことを信頼していて、洋子が駆け落ちした後もこっそりと会っている。

親子

時田数《ときたかず》
喫茶店「フニクリフニクラ」のウエイトレス。過去に戻るための儀式の際にコーヒーを淹れる。

川島《かわしま》(望月《もちづき》)洋子《ようこ》
望月と佳代子の娘。一度決めたことはやりとげる強さを持っている。

過去に戻る

夫婦

川島哲也《かわしまてつや》
洋子と駆け落ちした夫。洋子に暴力をふるう。

過去に戻る

過去に戻る

武士語で話す

伊藤《いとう》つむぎ
親友の彩女とはいつも「武士語」で話している。七瀬隼人のことが好き。

親友

松原彩女《まつばらあやめ》
つむぎの親友。美人で、東大に合格する才女。

好き

好き

七瀬隼人《ななせはやと》
つむぎと彩女のクラスメイトの男性。つむぎに好かれているが、実は彩女のことが好き。

桜隆二《さくらりゅうじ》
恵の夫。消防士。恵との子供が生まれる直前に亡くなる。

夫婦

桜恵《さくらめぐみ》
隆二の妻。生まれたばかりの子供を抱いて、隆二に会いに過去に戻る。

親子

?
隆二と恵の子供。生まれたばかりで、名前はまだない。

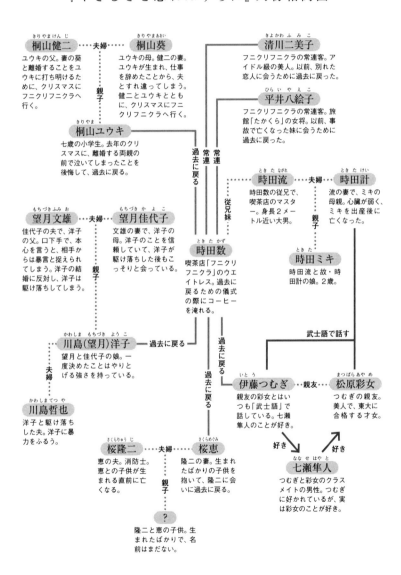

やさしさを忘れぬうちに　もくじ

ブックデザイン　轡田昭彦＋坪井朋子
カバーイラスト　マツモトヨーコ
校閲　鷗来堂
協力　皆藤考史
キックオフチーム　新井俊晴／清水未歩／黒川精一
編集　池田るり子（サンマーク出版）

第一話

離婚した両親に会いに行く少年の話

過去に戻れる喫茶店は、東京都千代田区神田の神保町《とうきょうとちよだくかんだじんぼうちょう》にあった。

駅から少し離れた、人通りの少ない路地裏の片隅に看板が出ている。

喫茶店の名はフニクリフニクラ。店名の由来はイタリアのナポリ地方の民謡で、登山電車を運営する会社の依頼で作られたコマーシャルソングだと言われている。

赤い火をふく
あの山へ登ろう
という歌詞は誰でも一度は耳にしたことがあるのではないだろうか。日本の子供たちには「鬼のパンツ」という替え歌で親しまれている。過去に戻れるという喫茶店に、イタリアの民謡のタイトルがついた理由は店主も知らない。

店主の名は時田流《ときたながれ》。身長二メートルを超える大柄な男で、常にコック服に身を包み、糸のような細い目で口数少なく、仁王像のように控えている。妻の時田計《ときたけい》はウエイトレスとして働いていた。天真爛漫《らんまん》、おおらかな性格で大きな瞳のころころとよく笑う女性だった。だが、一昨年、心臓の病で、娘のミキを産んだ後、この世を去った。ミキは今年二歳になる。くりくりとした大きな瞳は母親ゆずりだ。

ウエイトレスの時田数《ときたかず》は流の従妹《いとこ》である。色白で切長の目に、スッと通った鼻筋と淡い桜色の唇。きれいと言われれば確かにきれいなのだが、印象に残らない。目を閉じると「あれ、どんな顔だったか？」と、すぐに思い出せなくなる。少女にも見えるし、落ち着いた大人の女性にも見える。口数少なく、話しているところを見たことがないという客もいる。

まるで、

（幽霊のように存在感がない）

と、噂《うわさ》されることもある。

ただし、過去に戻るためのコーヒーを淹《い》れることができるのは、現在、

【時田数だけ】

である。

同じ時田の姓を名乗っているが、男である流には、過去に戻るためのコーヒーを淹れることはできない。これは時田家の女性にだけ与えられた能力であり、血筋における決まりであった。

「じゃ、コーヒー、淹れてください」

過去に戻りたいとやってくる客は、数がコーヒーを淹れれば過去に戻れると知ると、すぐにそんなことを言ってくる。

だが、しかし……。

この喫茶店で過去に戻るためには、他にもめんどくさい、非常にめんどくさいルールがある。

まず初めに、

【制限時間】

がある。

たとえ、数にコーヒーを淹れてもらって過去に戻れても、過去に戻っていられる時間は、時田家の女である数がカップにコーヒーを注いでから、そのカップに注がれたコーヒーが冷め切ってしまうまでの間だけ。

「え？　そんなに短いんですか？」

と、誰もが驚く。

コーヒー一杯が冷め切るまでに何ができるだろうか。時間にして、せいぜい十分程度。カップラーメンなら、ヤカンを火にかけて沸騰するまでに五分。お湯を注いで三分待って、食べるのに残された時間はわずか二分。飲み会だって、たったの十分じゃ注文した料理すら出てこない。

「まぁ、それでも過去に戻れるのなら……」

そう言って、過去に戻りたがる客もいる。

だが、次のルールを聞くとほとんどの客は、

「それじゃ、過去に戻る意味がない」

と、諦める。
それは、
【過去に戻ってどんな努力をしても現実を変えることはできない】
というルールである。

人生の後悔は大きく分けて二通りある。やってしまった後悔と、やらなかった後悔。

前者の後悔は、心ない言葉で誰かを傷つけた、告白したことで気まずくなってしまったなど、取り返しのつかない行動、もしくはその行動による失敗である。

後者は、一言声をかければよかった、告白しておけばよかったなど。行動できなかったことで残る後悔を指す。

過去に戻りたい理由の多くは、それらの行動をもう一度やり直すためだ。それなのに、過去に戻ってどんな努力をしても現実は変わらないとなれば、誰だって、

「それじゃ過去に戻る意味がない」

と言いたくなる。

だが、過去に戻るためのルールはこれだけではない。

過去に戻るためには、喫茶店のある席に座らなければならないのに、その席には常に先客が

いる。過去に戻るには、その先客が席を立ち、トイレに行くのを待たなければならない。

運よく席に座り過去に戻れても、その席から離れることはできないし、過去に戻ってもこの喫茶店を訪れたことのある人物にしか会うことはできない。

これだけのめんどくさいルールを聞かされれば、

「本当は過去になんて戻れないいんじゃないのか？」

と、勘繰《かんぐ》る客もいる。

そんな時、数は涼しい顔で、

「そうかもしれません」

と受け流し、言い返さない。言い争ったところで、結局、過去に戻る、戻らないはこの喫茶店を訪れた客の自由だし、数自身、反論するのを、

（めんどくさい）

と、思っているからだ。


桐山《きりやま》ユウキ、七歳。

彼はピカピカの黒革のランドセルを背負い、

「少々、お尋ねしたいのですが」

と、小学生らしからぬ丁寧《ていねい》な言葉づかいで現れた。

有名な名門私立小学校の制服の半袖シャツから覗《のぞ》く両腕は、絹のように白い。ピンと背筋の伸びた立ち姿から育ちの良さがにじみ出ている。まだ蟬《せみ》も鳴かない六月下旬だというのに、外はすでに真夏のように暑い。涼しげな表情とは裏腹に玉のような汗をかいている姿は小学生らしく可憐《かれん》であった。

「なんでしょう？」

仕事の手を止めて桐山少年の目の前に立ったのは、時田数だった。数の態度は大人に対しても子供に対しても変わらない。

「この喫茶店に来れば過去に戻れるという噂を聞きました。それは本当ですか？」

桐山少年は流れる汗を拭こうともせず、数を見上げた。

「君、小学生だよね？　そんな噂、どこで聞いてきたの？」

口を挟んだのはこの喫茶店の常連客で、三年前に過去に戻った経験のある清川《きよかわ》二美子《ふみこ》である。

二美子は桐山少年を完全に子供扱いしている。その問いかけは、

「まさか、過去に戻りたいなんて言い出すんじゃないよね？」

という意味を含んでいるようにも聞こえる。

これまで、この喫茶店に過去に戻りたいと言ってやって来た小学生はいない。もし、過去に戻りたいのであれば、最年少の訪問者となる。

しかし、過去に戻れば数の淹れたコーヒーを飲みほさなければならない。小学生にコーヒーは早すぎると二美子は思っていた。

「まだ、お父さんとお母さんが一緒に住んでいる時に、おじいちゃんからこの喫茶店の話を聞きました」

「え？」

桐山少年の返事に二美子は表情を曇らせ、その視線を数に向ける。

（まさか、ご両親が離婚したってこと？）

数は二美子の無言の問いかけを無視して、顔色ひとつ変えずに、

「はい。戻れます」

と答えた。

性格の不一致。

それが近年の離婚理由の第一位である。二位以下に金銭、暴力、浮気問題などもあるが、重複する部分もあるのではないだろうか。つまり、性格の不一致とは「これだ」という具体的な一つの理由が存在するわけではなく、夫婦が共有する生活のすべての中で、どうしても受け入れられない行動、もしくは消えることのない不満が生じることと言える。

現在、日本では千人あたり一人から二人の割合で離婚しているという統計がある。昔に比べて離婚のハードルは低くなっている。

近年、引っ越しの際に近隣への挨拶をする家族は少なくなった。都会の集合住宅では、隣に住んでいる人の顔を知らないことも少なくない。

カメラ付きスマートフォンやインターネットの普及により、遠くにいても顔の見えるコミュニケーションが取れるようになった。その結果、居住区周辺の限られた範囲で新たな人間関係を築かなくてもよくなったことも、核家族化が進む理由の一つかもしれない。しかも、核の構成単位からさらに細分化され、現代は「個」が尊重される時代になった。

個家族化である。

家庭内で、夫も妻も、個人として生きるようになる。

人の抱えるストレスの大部分は人間関係から生まれる。親子、兄弟、友人、職場など。そして夫婦もそれに漏れることはない。

結婚して同居すれば、それまで違う生活習慣の中で生きてきた「個」と「個」が、多くの時間を共有することになる。もちろん、お互いを生涯のパートナーとして認め合って結婚生活を始めたのだから、生活習慣のすり合わせは必要になる。夫婦間に「愛」が存在している限り、そのすり合わせも新鮮で、幸せの一つとして感じられるのかもしれない。

問題は「愛」が薄れ「個」の主張が出てきた時である。その際、愛によって耐えられていたものが、耐えられなくなる。金銭、暴力、浮気といった一般的に批判されるようなわかりやすい理由ではない。

友達なら許せることでも、恋人関係になると許せなくなる、同棲《どうせい》したら許せなくなる、結婚したら許せなくなるということがある。

性格の不一致。

そこに明確な理由はない。なんとなくダメになる。受け入れられなくなる。不快に感じる。

でも、嫌いなわけじゃない。

「夫婦でさえなければ仲良くやっていけるのに」

昔の間柄に戻れれば、ギスギスした関係も解消できる可能性がある。

「結婚前に戻りたい」

離婚によってストレスを感じなくなるのであれば、今の家族を嫌いにならなくてすむ。

「もう一度、やり直すために」

離婚を選ぶ。

もちろん、これは一つの例であり、離婚する夫婦すべてがこれに当てはまるわけではない。

だが、その夫婦間の「個」の問題に挟まれて、思い悩む少年がいた。


桐山少年は、この喫茶店で泣いてしまったことを後悔していた。

去年のクリスマスの朝。

突然、父の健二《けんじ》が、

「ユウキ、ディズニーランドに行きたくないか?」

と、言い出した。

その頃、仕事が忙しいと言ってなかなか家に帰ってこなくなっていた健二の言葉に、桐山少年は戸惑った。

「お仕事は？」

「なんだ？　嫌なのか？」

「ううん」

桐山少年は、テーブルの向かいで朝食のトーストを頬張る母の葵《あおい》を見た。

なぜなら、葵が何かを健二に相談すると、決まって、

「家のことはお前に任せる。俺は仕事で忙しい」

と言うのを聞いていたからだ。健二の誘いに応じていいかどうかは、葵に相談するべきだと思ったのだ。

「いいわね。今日はクリスマスだもの、ね？」

「あ、ああ」

健二の前で笑う葵を見るのは久しぶりだった桐山少年は、

「じゃ、行く！」

と、喜んだ。

ディズニーランドには葵が運転する車で向かった。助手席に桐山少年。神保町の自宅からディズニーランドへは、神田橋から首都高速都心環状線《かんじょうせん》に乗り、湾岸線羽田《わんがんせんはねだ》方面へ向かって二十分弱だった。

だが、クリスマスということもあり、葛西《かさい》インターの出口はひどく混んでいた。

「だから、浦安《うらやす》インターから出ろって言ったんだよ」

「じゃ、あなたが運転してくれればよかったじゃない？」

「お前がするって言ったんだろ」

「車の中で仕事したいって言ったからでしょ？　なんなの、その言い方」

自宅を出てからずっと、車内では健二と葵のいさかいが続いていた。

この日ばかりではない。

二人は数年前から、日常生活の些細《ささい》なことで言い争うようになっていた。

発端は、仕事と育児に対する価値観の相違だった。

葵は、出産後、桐山少年を保育園に預けて広告代理店の仕事に復帰できると思っていた。だが健二は、「ユウキが三歳になるまでは、性格形成に一番大事な時期だから、育児に専念してほしい」と主張した。

「確かに。じゃ、ユウキが三歳になるまでは我慢する」

と、当時の葵は健二の主張に理解を示した。

その時、健二は言葉にこそ出さなかったが、

（我慢するって何だよ？　それじゃ、俺が無理強いしてるみたいじゃないか。母親なんだから当然だろ）

と、葵の発言に不満を持った。

葵に悪気はなかった。好きな仕事に復帰しないことを「我慢する」と言っただけで、（ユウキを育てることは、私も仕事よりも大事なことだと思っている）という気持ちが、健二には伝わっていなかった。

このことがあって以来、健二は事あるごとに、

「家のことはお前に任せる」

と、口にするようになった。健二の言葉には、「子育ては母親がするべきだ」という感情が無意識に表れていた。

そんな健二の態度は、葵の感情を逆なでした。

（なぜ、私だけが子育てを押し付けられなければならないの？　あなたは仕事を理由に子育てから逃げているだけ。……でも、それを言えばきっと喧嘩《けんか》になる）

葵も健二に対する不満を呑《の》み込み、桐山少年が三歳になるまではと耐えていた。だが、子育

て追われる日々が、葵からだんだん「働きたい」という気力を奪っていった。

「仕事復帰するんじゃなかったのか?」

「じゃ、育児と家事手伝ってよ」

「そんな時間、あるわけないだろ。こっちは休日返上で働かなきゃならないほど忙しいんだぞ」

「私だって仕事に復帰したらそうなるわよ。そしたらユウキの面倒は誰が見るのよ?」

「保育園に預ければいいだろ」

「簡単に言わないでよ」

「何だよ。最初からユウキが三歳になるまでという約束だったじゃないか」

「それはあなたが言ったことでしょ?」

「君だって同意しただろ?」

「で?　私には家事と仕事を両立しろと?」

「わかってて、復帰したいって言ってたんだろ?」

「三年前の話でしょ?　育児がこんなに大変だって知らなかったし、それに」

「なんだよ?」

「あなたがこんなにも子育てに関心がないとは思わなかった」

「関心がないわけじゃなくて、俺はお前たちの生活を守るために、必死になって働いてきたんだよ。今度は君が仕事に復帰して、少しは俺に楽させてくれよ」

「は？　私がこの三年間遊んでたみたいな言い方しないで」

「育児は仕事とは違うだろ？」

「じゃ、やってみればいいじゃない。どれだけ大変かわかるから」

「できるわけないだろ。仕事してんだから」

売り言葉に買い言葉。感情のもつれのせいで、本来の言葉の意味はゆがみ、正しく捉えられなくなる。


桐山少年の物心がつく頃には、二人の言い争いは日常茶飯事となっていた。そのたびに、喧嘩の仲裁に入るのは桐山少年だった。

クリスマスのディズニーランド行きの車中でも、

「僕が運転替わってあげられればよかったのに。お母さん、ごめんね」

と、割って入った。

桐山少年の言葉に嘘《うそ》はなかった。葵のために運転を替わってあげたいという、心の底からの気持ちがある。そんな桐山少年の思いやりを葵は十分理解しているし、健二は、こんなに優しい息子は他にいないと自慢に思っている。

「い、いいのよ、ユウキ。お母さんたちが悪かったわ。今日はせっかくのディズニーランドなんだから仲良くしないとね。ほら、あなたも」

葵はバックミラー越しに健二に目配せした。

「あ、ああ。そうだった」

健二は何かを思い出したように表情を変え、開いていたパソコンをカバンにしまい、

「ごめんよ、ユウキ、お父さん、今日はもう仕事しないから」

と、後部座席から桐山少年に頭を下げた。

「うん」

桐山少年は満面の笑みを見せた。

到着が遅かったため、車はディズニーランドから遠く離れた駐車場に止めることになった。入園するためには、手荷物検査の後、チケット売り場の長蛇の列に並ぶ必要がある。この時点で自宅を出てから二時間半が経過していた。

ディズニーランドは、土日や祝日、クリスマスなどには入場制限がかかる場合もある。やっ

と入園できても、人気のアトラクションに乗るには、さらに数時間待たなければならない。

ひと昔前に「カップルでディズニーランドに行くと別れる」という都市伝説が実《まこと》しやかにささやかれた時期があった。ディズニーランドをライバル視する遊戯施設が噂を流したという陰謀説もあったが、実のところ、長い待ち時間が原因と言われている。

スタンバイパスが導入される前は百分を超える待ち時間もあった。ふたりとも年間パスポートを所有するようなカップルであれば、お目当てのアトラクションに乗るための待ち時間も苦にはならないだろう。だが、そうではないカップルの場合、予想外の待ち時間の長さに、会話のネタが尽き、無口になり、果ては口論に発展してしまうこともある。

そして、ディズニーランドに行って別れたという話が、都市伝説へと発展した。

そんな都市伝説を知ってか知らずか、桐山少年が家族でディズニーランドに行きたがったのには理由があった。

ディズニーランドには、「行くと幸せになれる」というジンクスもある。

例えば「ミッキー、ミニーと握手ができたら恋が成就する」や「ディズニーランドに行くと、子供を授かることができる」などがそれである。これらのジンクスにも根拠などない。だが、ディズニーランドが夢の国と言われている通り、幸せを願う来場者にとっては最高のジンクスである。

幸せになれるジンクスの中の一つに、

「イッツ・ア・スモールワールドの最後のゲートで願い事をすると叶《かな》う」

というものがある。

イッツ・ア・スモールワールドは、水に浮かぶゴンドラに乗って世界の国々をめぐるアトラクションである。桐山少年は、そのゲートで願い事をするつもりだった。


幸いにも健二と葵は、車の中でのいさかいの後は、長い待ち時間の間も笑顔を絶やさなかった。人気のアトラクションには一つしか乗れなかったけれど、イッツ・ア・スモールワールドのゴンドラが最後のゲートを通過する時に願い事ができた桐山少年は満足していた。


帰りの車は健二が運転した。

桐山少年は後部座席で葵の膝を借りて眠っていた。数年ぶりの家族三人での休日に、桐山少年は無邪気にはしゃいだために疲れたのだ。

「ユウキ、着いたわよ。起きなさい」

葵に起こされ向かった先は、自宅近くの喫茶店だった。

夕食を取るつもりで神保町の駅前に車を止めたが、クリスマスのせいで、どこの店も予約がいっぱいで入れなかった。しばらく歩くと、人通りの少ない小さな路地にこの喫茶店の看板が出ていた。健二が中を確認に行くと、クリスマスだというのに客は一人で、軽食も、ケーキも出してくれると言う。

桐山少年は家族三人でクリスマスらしいクリスマスを祝えることに心を躍《おど》らせた。

元々、この喫茶店には二人掛けのテーブル席しかなかったが、無口で大人しそうなウエイトレス、時田数が、桐山少年のための椅子を用意してくれた。

「いらっしゃいませ。飲みものは何にされますか?」

「車なのでノンアルコールのビールを。妻にはシャンパン、この子にはオレンジジュースを」

「かしこまりました」

声をかけてきたのはコック服を着た時田流である。流は身長二メートルを超える大男で、二歳くらいのくりくりとした大きな瞳の女の子を抱いていた。名はミキ。流が大きすぎて、胸元にしがみつくミキが、リスか何かの小動物にも見える。

クリスマスなので、店内にはツリーが飾られているのだが、クリスマスソングは流れていなかった。唯一、聞こえてくるのはキッチンの奥でミキが口ずさんでいる「ジングルベル、ジングルベル」という呪文のようなささやきだけ。

普通の客であれば、音楽のないクリスマスの夜など物足りないし、違和感があったに違いない。だが、健二も葵も気にする様子を見せなかった。三人は、数が静かに運んでくる食事を取りながら、今日一日ディズニーランドであった出来事を楽しく思い返していた。

クリスマスだというのに、他の客は誰も来ない。いるのは一番奥の席の、冬なのに半袖の白いワンピースを着た女性だけ。

まさに親子水入らず。桐山少年にとっては、数年ぶりの幸せな時間を過ごす思い出になるはずだった。だが、その喫茶店で、桐山少年には悲しい現実が待っていた。

桐山少年がクリスマスケーキの最初の一口を食べた時、健二が切り出した。

「ユウキ」

「何？」

クリスマスと言えばプレゼントだが、桐山少年はそんな期待は微塵《みじん》ももっていなかった。ただ、家族で一緒にディズニーランドに行き、おいしい食事とケーキを食べたこの一日が、最高のプレゼントだと思っていた。

イッツ・ア・スモールワールドの最後のゲートですら、普通の小学生が欲しがるようなゲームやオモチャを願ったりしなかった。

桐山少年は今、この瞬間が一番幸せな時間だと思っていたのだ。

ボーン

店内の大きな柱時計が十九時半を知らせる鐘を一つ鳴らし、葵が桐山少年の小さな頭に手を伸ばした。

「よく聞いてね、ユウキ。お父さんとお母さんは別れることにしたの」

「え?」

「今日が、三人で一緒に過ごす最後の夜になる」

突然の葵と健二の告白に、桐山少年の頭は真っ白になった。

最後のクリスマス。

桐山少年が覚えているのは、自分が泣いたことで健二を困らせ、葵を泣かせてしまったこと。そして、キッチンの奥から聞こえてくるミキの歌う「ジングルベル」のフルコーラス。どうやって自宅に連れて帰ってもらったのかも記憶にない。

ただ、朝起きて枕元に置かれた二つのプレゼントの箱を見て、声を殺して泣いたことはいつまでも忘れられなかった。

「あのね」

桐山少年の話を聞いて目を真っ赤にしながら、二美子が語りかける。

「その、なんて言ったらいいのかな。君の気持ちはすっごいわかる。わかるんだけどね。過去に戻っても、その、実はルールがあって、その、ね？」

二美子は、一緒に話を聞いていた時田数に助けを求めた。桐山少年が、二人の離婚を止めるために過去に戻ろうとしているのだと考えたからだ。

二美子は、この喫茶店には少年の純粋な願いを打ち砕く残酷なルールがあることを知っている。

（この子、ルールを知ったら、また泣いちゃうんじゃないかな）

そう思ってためらう二美子を尻目に、数は桐山少年の前に立ち、

「過去に戻ってどんな努力をしても、あなたのお父さんとお母さんが別れるという現実は変わりませんよ」

と、表情ひとつ変えることなく告げた。

（えー！　この子、七歳だよ！　そこはもう少しオブラートに包もうよ！）

だが、桐山少年は数の説明を聞いても取り乱すことなく、

「はい、大丈夫です」

と答えた。少年とは思えないほど、覚悟を決めた目をしている。

「え？　え？　じゃ、何のために過去に戻るつもりなの？」

二美子が身を乗り出して、桐山少年の顔を覗き込む。

「あの日、僕は泣いちゃダメだったんです」

「どういうこと？」

桐山少年の話には続きがあった。


ディズニーランドの日から、桐山少年は母親の葵と暮らしていた。離婚が成立したのは年が明けてからだった。桐山少年はこのまま葵と暮らしていくのだと思っていた。

ある日葵は、桐山少年に会わせたい人がいると言って、都内のレストランで食事をすることになった。現れたのは健二より年上に見える中肉中背の優しそうな男性だった。

「ユウキ君、こんばんは。はじめましてだね。おじさんの名前は、西垣誠《にしがきまこと》といいます」

西垣はコートを脱ぐと、葵の脇に立つ桐山少年に向かって丁寧に頭を下げた。

「こんばんは。桐山ユウキです。はじめまして」

桐山少年も西垣に負けないくらい、丁寧な挨拶を返した。西垣は「ほう」と感心し、大きくうなずいてみせた。

「ちゃんと挨拶ができるんだね。すばらしい。将来が楽しみだ」

「ありがとうございます」

挨拶が終わると、レストランのテーブルに案内された。

食事は滞りなく進んだ。桐山少年は、西垣が沖縄や宮古島で三十キロを超えるロウニンアジを釣り上げたという話に、目を輝かせた。

「今度、一緒に連れて行ってあげるよ」

「本当に？」

「ああ、約束する」

「やったー」

桐山少年は無邪気に喜んだ。

「実はね、ユウキ」

それまで話を黙って聞いていた葵が切り出した。

「お母さん、西垣さんとお付き合いしているの」

葵の発言に呼応するように、西垣が背筋を伸ばした。桐山少年は葵が言ったことの意味を捉えきれずに、二人の顔を交互に覗き込んだ。

「それって」

まず、桐山少年の脳裏に浮かんだのは父である健二の顔だった。頭の中で、葵の横に立つ健二が西垣と入れ替わる。そこから導き出された答えを口にする。

「結婚するってこと?」

「そうね。一緒に住みたいと思ってる」

頭の中で、桐山少年と葵と西垣が、一つの家の中に入る。頭の中の健二は、一人ポツンと外に追いやられる。

「お父さんはどうなるの?」

「そのことなんだけど……」

葵は桐山少年に、こう告げた。

健二と葵が別れたのは、お互いの性格が合わなかったことも大きな原因だったが、お互いに気になる人がいたことも原因の一つだった。健二と葵はよくよく話し合ってお互いのために別れることにした。でも、健二も葵も桐山少年と一緒に暮らしたいと思っている。だから、新しいお父さんと一か月暮らしてみた後、新しいお母さんとも一か月暮らしてみてほしい。その上で、健二と暮らすのか、葵と暮らすのかを決めてほしい、と。

「うん。わかった」

桐山少年は、それから一か月、葵と西垣と生活をともにした。

その次の日、今度は健二が連れて来た、見知らぬ女性と会うことになった。その日は日曜日で、健二が新しい車で迎えに来た。

健二に連れられて向かった先は、小さなケーキ屋さんだった。ショーケースに並ぶ、色とりどりのケーキたち。そのケーキを作っているのが今お付き合いしている人だと、健二に紹介された。

名は木村《きむら》楓《かえで》。葵と比べると、背が一回り小さい。年は健二と一緒だと言ったが、少女のように幼く見える。

ユウキと一緒に歩いたら、姉弟に見られるかもな、と健二は笑った。

「君が泣いちゃダメだって誰が言ったの？　お父さんとお母さんは、君の気持ちよりも、自分たちの都合を優先したんだよ。君が泣くのは当然だよ。君は悪くない。なんで君が泣いたことを後悔しなくちゃいけないの？」

桐山少年の話を聞いていた二美子は、目を真っ赤にして声を荒らげた。

「ありがとう、お姉ちゃん」

涙を流す二美子を見て、桐山少年はにっこりほほえんだ。

「でも、僕、ディズニーランドでお願いしたんだ。お父さんとお母さんが幸せになりますように、って」

「え？」

「僕、西垣さんや楓ちゃんと暮らしてみてわかったことがあるんだ」

「暮らしてみてわかったこと？　え？　何？」

二美子は眉をひそめる。

「西垣さんと一緒にいるお母さんは、毎日笑顔だった。お父さんもそう。楓ちゃんとご飯を食べると、おいしい、おいしいって喜んでた。だから、僕、気づいちゃったんだ。ディズニーランドでの僕のお願いが叶ったんだって。だから、僕はあの日をやり直したいの。お父さんとお母さんは幸せになるんだから、泣くんじゃなくて、笑ってあげようって」

「そ、そんな、でも……」

二美子は納得できないと顔をゆがめたが、その先は言葉にできなかった。桐山少年が決めたことを否定する権利は二美子にはない。

「だから、お願いします。僕をあの日に、去年のクリスマス、泣いてしまったあの日に戻らせてください」

桐山少年はそう言って、数に頭を下げた。

「わかりました」

「数さん？」

即答する数に向かって、二美子が首を傾《かし》げる。

「私なんかが反対できた義理じゃないけど、こんなのつらすぎるよ。なんでこんな幼い子が大人の都合のためにここまでしなきゃならないの？　私はどうしても、この子が過去に戻ることがこの子の幸せになるとは思えない！　この子の今の言葉を聞けば、もしかしたら、ご両親だって……」

そこまで言って桐山少年の目を見た二美子は、続けようとしていた「離婚を考え直すのでは」という言葉を呑み込んだ。

（これは私の思う正論であって、この子の望んでいることではない）

桐山少年は自分のことよりも、両親の幸せを願っている。その純粋さを物語る桐山少年の目を見て、二美子は自分が間違っていることに気がついた。

正論だけが正解ではないことが、世の中にはたくさん存在する。二美子は唇を嚙《か》み締め、一歩、二歩と後ずさりして力の抜けた体を預けるようにカウンター席にもたれかかった。

パタン

その時、過去に戻れる席に座る白いワンピースの女が読んでいた本を閉じる音が静かな店内に響いた。

「あ」

二美子は声を上げた。

（過去に戻るための条件が揃《そろ》った。これでもう止めることはできないし、止める理由も思いつかない）

二美子は目の前を音もなく横切る白いワンピースの女を目で追った。

「どうぞ、こちらへ」

その間に数は、桐山少年を過去に戻れる席へと促している。席に着いた桐山少年はニコリと二美子にほほえんだ。二美子に熱いものが込み上げてくる。

（本当に、本当にお節介かもしれないけど、この子のこの姿をご両親に見せてやりたい！）

二美子は祈るような気持ちで、両の手を胸の前で握りしめた。

しばらくして、キッチンから数がトレイに銀のケトルと真っ白なコーヒーカップを載せて戻ってきた。

「ルールは？」

「大丈夫だとは思うんですが、念のために確認してもらっていいですか？」

桐山少年の言葉に二美子が「うん、うん」と大きくうなずいた。疑うわけではないが、万が一ということもある。

「かしこまりました」

数は、何十回、何百回も説明したであろう過去に戻るためのルールを、一つずつ丁寧に説明した。桐山少年も数の説明に、「わかりました。大丈夫です」と返す。とくに、コーヒーは冷め切るまでに飲みほさなければならないというルールの説明の後には、

「冷め切るまでに飲む、冷め切るまでに飲む、冷め切るまでに飲む」

と、真剣な眼差《まなざ》しでくり返した。

「よろしいですか？」

「はい」

準備は整った。あとは数がカップにコーヒーを注げば、桐山少年は過去に戻る。

「では」

そう言って、数が銀のケトルに手をかけた。

「あ！　ちょっと待って！」

二美子が突然大声をあげた。だが、数は慌てない。ケトルに手をかけたまま、二美子に視線だけ向けて、次の言葉を待っている。

「数さん、アレ、アラーム入れてあげなくていいの？」

二美子はちょんちょんと何かをつまむような手つきを見せた。

この喫茶店では過去に戻った時に、コーヒーが冷め切る前にアラームで知らせる道具がある。二美子は、七歳の桐山少年のために、アラームを入れてあげたらどうかと言ったのだ。

だが、数は一言、

「きっと、大丈夫です」

と返し、視線を桐山少年へと向けた。

「でも」

そして、二美子が再び止める間もなく、

「コーヒーが冷めないうちに」

とささやき、銀のケトルを持ち上げ、桐山少年の目の前に置かれたカップの上で傾けた。

コーヒーの満たされたカップから一筋の湯気が立ち上った。同時に桐山少年の体も湯気に変わる。

（どうして？）

二美子は心にモヤモヤしたものを残したまま、湯気となって天井に吸い込まれていく桐山少年を見守っていた。


ぼくは、お父さんとお母さんの笑顔が好きだった。とくに、一緒にいる時の笑顔がいい。二人の笑顔を見ていると、ぼくも笑顔になる。

お父さんとお母さんは信じてくれないけど、ぼくは、生まれて初めて目を開けた時に見た二人の顔を覚えてる。お父さんは恐る恐る覗き込むようにぼくを見ていたし、お母さんはぼくのホッペにチューをして額をグリグリ押しつけた。お母さんがとってもいい匂いだったのも覚えてる。

ぼくが最初に発した言葉は「マンマ」だった。ぼくはお腹《なか》が空《す》いているのを伝えているつもりだったのに、なぜか「マンマ」と発するたびにお母さんが喜んだ。ぼくはそのうち、お母さんの喜ぶ顔が見たくて「マンマ」と言うようになった。

でも、これで喜ぶのはお母さんだけだった。お父さんはなぜか悲しい顔をして「パパ、パパ」と呼びかけてくる。後で、ママがお母さんのことで、パパがお父さんを意味する言葉だと知って、申し訳ない気持ちになった。

ごめんね。

ぼくにはお父さんとお母さんの楽しい思い出がたくさんある。

歯が生えただけで二人は祝ってくれたし、初めて一人で歩いた時は、抱き合って喜んでくれた。お父さんとお母さんが笑顔になると、ぼくも嬉《うれ》しい。

あと、お父さんは知らないと思うけど、お母さんが、お父さんに喜んでもらうために一生懸命ご飯を作ってるのを、ぼくは知ってる。お父さんがお母さんのご飯を食べて「おいしい」って言った時、お母さんはとっても素敵な笑顔になる。お母さんにとって、お父さんの「おいしい」は幸せなんだ。ぼくは知ってる。

お母さんが知らないこともある。お父さんは仕事で遅く帰ってくると、いつも先に寝てるお母さんの額にチューをする。それを見ていたぼくに、お父さんは、

「内緒だぞ」

って言う。お父さんはお母さんのことが大好きなんだ。


ぼくは「イッツ・ア・スモールワールドの最後のゲートで願い事をすると叶う」という話をテレビで知った。だからぼくは、いつかディズニーランドに行ったら、

「お父さんとお母さんが幸せになりますように」

ってお願いするって決めていた。

でも、そのうち、お父さんの仕事が忙しくなった。お母さんはぼくがいるから仕事には出られないと言って、お父さんと喧嘩になった。

ぼくは何度もお母さんに、

「ぼくなら大丈夫だよ。ちゃんとお留守番できるから」

と言ったけど、お母さんは悲しい顔をするだけだった。

それはきっとぼくがまだ子供だからだと思う。ぼくがしっかりしないといけない。

それからぼくは、なんでも一人でできるようにがんばった。早く大人になってお父さんの仕事を手伝おう。お母さんがぼくのことを心配しなくてすむようにしよう。そうすれば、また、昔みたいに笑ってくれるに違いない。

ぼくはそう思っていた。

でも、そうじゃなかった。

ここだけがお父さんとお母さんの幸せの場所じゃなかったんだ。お父さんとお母さんが笑える場所は、他にもあった。

よかった。

本当によかったと思う。

「いつの間にそっちの席に移動したんだ?」

健二の素《す》っ頓狂《とんきょう》な声で、桐山少年は目を開けた。

「あ、えっと」

確かに、去年、クリスマスに家族で座ったのは中央のテーブル席だった。二人掛けのテーブルに椅子を一つ追加してもらって座ったのを覚えている。背を向ける健二の向こう側で、葵も不思議そうな顔で桐山少年を見つめていた。

「ま、いいか。ほら、これからケーキ出してもらうから、こっちの席に戻ってきなさい」

健二はなぜか、桐山少年の瞬間移動ともいえる席移動について、深く追及しなかった。

普通はあり得ない。

だが、これは、喫茶店の不思議な力のせいだ。〝過去に戻ってどんな努力をしても現実は変わらない〟というルールと、同じ力が働いている。例の席に突然現れた人物に対して、

「ま、いっか」

と思わせる。なぜなら、そのことを追及している間に、あっという間にコーヒーは冷め切ってしまうからだ。

桐山少年も、健二の追及がなかったことにホッと胸をなで下ろした。

だが、戻ってこいと言われても、座った席からは移動できないというルールがある。離れれば、もとの時間に引き戻されてしまう。桐山少年はまさかこんな状況になることを予想していなかったので、立ち上がることもできず返答に困った。

するとキッチンから時田流が現れて、

「テーブルが狭いので、ケーキはこちらにお出ししましょうか?」

と、声をかけた。

健二と葵は顔を見合わせた後、自分たちのテーブルの上を見た。確かに、元々二人掛けのテーブルに三人分の食事を載せていたため、テーブルの上は食器がひしめき合っていて、ケーキを置くスペースはない。片付けるのを待てばすむ話だが、店主が席を替わっていいと言うのであれば、その方がてっとり早い。

健二と葵は流の提案に同意し、席を移動した。

「ありがとうございます」

桐山少年が流に礼を言うと、流は、

「どういたしまして」

と、事情を理解している者として、当然のことをしたまでですという表情を見せた。

桐山少年がいる席も二人掛けだったので、健二が自分の椅子を持ってきた。桐山少年の向かいに葵が、その間に健二が座った。

席に腰を下ろした葵は桐山少年の目の前に置いてあるコーヒーに気づくと、

「あの、これも下げてもらえますか?」

と、カップに手を伸ばした。

「あ、これは、いいの。大丈夫。僕のだから」

桐山少年は慌ててカップを押さえる。健二と葵が顔を見合わせた。

「お前、コーヒーなんか飲めないだろ？」

「そうよ。どうしちゃったの？」

不審がる二人に、桐山少年は、

「今日は僕が大人にならなくちゃいけない日だから。だからコーヒーなの」

と、苦し紛れの言い訳をした。二人は、桐山少年の言葉を聞いて、気まずそうに視線を逸《そ》らした。

「でも、無理して飲まないでね。ダメならお母さんが飲んであげるから」

心配そうに葵が声をかける。

「よければ、こちらをお使いください」

そう言って、桐山少年のカップの脇にミルクピッチャーを置いたのは時田数だった。中身は牛乳である。確かに、普通のコーヒーなら牛乳と砂糖を加えると飲みやすくなる。だが、このコーヒーはただのコーヒーではない。桐山少年は牛乳を入れたら一気に冷めてしまうのではないかと心配そうにミルクピッチャーを見つめた。

すると、数はすかさず、

「心配いりません。どれだけ入れてもコーヒーの温度に影響は出ませんので」

と、付け加えた。

健二と葵は数のその言葉を聞いて、何を言っているのかわからずに首を傾げたが、桐山少年だけは、

「ありがとう」

と言って、数に丁寧に頭を下げた。

これは、牛乳以外でも変わらない。たとえば、カップをバーナーなどで温めても、中のコーヒーの温度を変えることはできない。どんな努力をしても現実を変えられないのと同じで、どんなに熱を加えても数が淹れたコーヒーの温度を人為的に変えることはできない。ここにも、喫茶店の不思議な力が働いている。


「お待たせしました」

桐山少年が牛乳をカップに注ぎ、砂糖を入れてかき混ぜていると、キッチンから流がクリスマスケーキを持って現れた。ケーキには、ホワイトチョコで「メリークリスマス」と書かれたプレートが載っている。

去年のクリスマスでは、桐山少年が切り分けられたケーキを一口食べた所で店内の柱時計が鳴り、葵が桐山少年の頭をなでながら、

「よく聞いてね、ユウキ」

と、話を切り出した。

その時の葵の手の温《ぬく》もりをよく覚えている。桐山少年は、去年のクリスマスに泣いてしまったことを思い出しながら考えていた。

（お父さんとお母さんは別れても、楓ちゃんと西垣さんと幸せになる。だから、僕は笑っていればいい）

「わかった」と答えてコーヒーを飲みほせばいい）

葵の手でケーキが切り分けられ、準備は整った。後はケーキを口に運ぶだけでいい。

だが、いつまで経《た》っても、桐山少年は手に持っているフォークをケーキに刺すことができないでいた。

「あれ？」

「どうしたの？」

葵が桐山少年の顔を覗き込む。桐山少年の手は動かないまま、柱時計の鐘の音が店内に鳴り響く。

ボーン

健二が桐山少年の顔を覗き込む。

「ユウキ？　どうしてお前、泣いてるんだ？」

「え？」

桐山少年は慌ててフォークを置いて、自分の頬を触ってみた。

「え？」

確かに湿っている。いや、湿っている程度の涙ではない。あふれている。

「泣いてない、泣いてないよ」

桐山少年は必死にあふれてくる涙を拭うが、止めることはできない。

葵は、

「何がそんなに悲しいのよ」

と、桐山少年の涙を指で拭いながら自分も泣いていた。健二は困惑した表情で、切り分けられたケーキをじっと見つめていた。

「わあああああああああああ……」

桐山少年は店内に響き渡るような声で泣きつづけた。去年のクリスマスで泣いた時よりも、大きな声で。

キッチンの奥からはミキが歌う「ジングルベル」が聞こえる。

桐山少年は、

「ごめんなさい、ごめんなさい」

とくり返しながら、コーヒーを飲みほした。


「どいてくれる？」

桐山少年は、トイレから戻って来た白いワンピースの女の声で、現実に戻ってきたことに気がついた。あわてて席を入れ替わった後も、

「また、泣いちゃった」

そう言って泣きつづけた。

そんな桐山少年を二美子が優しく抱きしめた。

「いいのよ。君ががんばる必要なんてないんだから。お父さんとお母さんが別れることになってつらかったんだもん。泣いていいのよ」

桐山少年の泣く声はさらに大きくなった。

過去の健二と葵が、泣き出してしまった桐山少年を前にして離婚の話をしたかどうかはわか

らない。桐山少年が泣くのを見て迷いが生まれて、あの日は、別れることを切り出せなかったかもしれない。

それでも、現実が変わることはない。

どこかのタイミングで二人は、別れることを桐山少年に伝える。それがこの喫茶店のルールだからだ。

桐山少年は、その後、泣き疲れて眠ってしまった。


「この子は本当に、両親思いの優しい子でね」

桐山少年を迎えに来たのは、守田孝三《もりたこうぞう》と名乗る祖父だった。守田は葵の父で、この喫茶店からそう遠くないマンションに一人で暮らしている。妻は二年前に先立った。桐山少年が健二、葵のどちらと暮らすか決めるまでの間、面倒を見ているとのことだった。

「この喫茶店のことを教えたのは、私なんです」

「そうでしたか」

カウンター越しに数が応えた。

「まだ七歳なのに、娘と健二くんのことばかり心配してましてね。去年、ここで泣いたことをずっと後悔しておりました。その姿があまりに健気《けなげ》で、それならと過去に戻ってみることを勧めてみたのですが……」

守田は背中で眠っている桐山少年の顔を悲しそうに覗き込んだ。

「あの」

見送るために立ち上がった二美子が出口に向かう守田を呼び止めた。

「彼はお父さんとお母さん、どちらと住むのかは、もう決めているんでしょうか？」

「気になりますか？」

「はい。こんなに優しい子だから、きっと、お父さん、お母さん、どちらも選べなくて悩んでいるのではないかと」

二美子の言葉を聞いて、守田は目頭を押さえた。

「この子はそのことでも、ずっと悩んでいます。きっと今も、どうするべきか決めかねていると思います。この子の気持ちを知りながら離婚した娘を、叱りつけたい気持ちにもなりました。だが、そんなことをすれば、またこの子を悲しませてしまう。私はこの子が悲しむのは見たくないのです」

守田はそう言って、一度小さく洟《はな》を啜《すす》り上げた。

「両親思いのよくできた子ですが、まだ七歳です。過去に戻って二人の話を笑って聞いてあげるんだと出て行きましたが、泣いて帰って来たと聞いて、それでよかったのだと思います」

「はい。私もそう思います」

守田は二美子の言葉にわずかに笑みを見せると、頭を下げて店を後にした。

カランコロン

守田におんぶされた桐山少年を外まで見送った二美子は、戻って大きなため息をついた。

「どうかしました？」

珍しく、数がカウンターの中から二美子に語りかけた。元々、数は人との関わりを避ける傾向がある。

とはいえ、二美子もこの喫茶店で過去に戻ってから三年が過ぎ、暇さえあれば毎日のように通い詰めている。数にとってほんの少しだけ気の許せる相手になっているのかもしれない。そして、その微妙な心の距離の進展に二美子は気づいていなかった。

カウンターに腰掛けた二美子は、

「もし、私にあんなに優しい息子がいて、目の前で泣かれたら、それでも離婚できるかなって……」

「そうですね」

「数さんなら、どうする？　やっぱり別れる？　別れない？」

「私は……」

数は小さくつぶやいて、そっと視線を白いワンピースの女に移した。

「私には幸せになる資格はないので」

「え？　それって……」

カランコロン

二美子が数の意味深な発言に踏み込もうとした瞬間、カウベルが鳴り、流と流に抱かれたミキが帰って来た。流は買い込んだ食材の入ったトートバッグを持っている。

「ただいま」

言ったのはミキである。

「あ、えっと、おかえりなさい」

キッチンに消える数を気にしながら二美子が答える。

「二美子、しごとないのか？」

「おい、やめろ」

とんでもなく口の悪いミキに流の口調も強くなる。

「いや、いいですよ。大丈夫です。もう慣れましたから」

「すみません。こいつ、すぐテレビの影響受けるので困ってるんです」

「てやんでい。こちとら江戸っ子だ」

「意味わかってないだろ?」

「何がでい?」

「もういいよ」

「二美子、しごとにいけ」

「こら!」

二人のやりとりに二美子はゲラゲラ声を上げて笑い出した。

「すみません。ほら、もうすぐアンパンマン始まるから、奥へ行ってテレビでも見てなさい」

「二美子、またな!」

「はい、またね、ミキちゃん」

「ハーヒフへホー」

流から解放されたミキは居住スペースである奥の部屋へと走り去った。

「本当、すみません」

「いえいえ。元気があっていいじゃないですか。流さんとか数さんにはない明るさがあって、いい感じだと思います」

「そうですか？」

「計さんが生きてたら……もっとにぎやかだったかもしれませんね？」

「確かに」

「もうあれから二年経つんですね。早いなぁ」

「そうっスね」

二美子と流はレジ上の写真立てを見た。そこには笑顔の計の写真が飾られている。計は流の妻でミキを産んだ直後にこの世を去った。天真爛漫、自由奔放で誰とでもすぐに仲良くなれる大きな瞳の明るい女性だった。

二美子は写真を眺めながら、さっきの数の発言を思い返していた。

（流さんに話して、下手に心配させるのもなんだし、ひとまず、聞かなかったことにしておくのがいいかもね）

二美子は一人で勝手に納得するようにうなずいた。

「あ、そうだ！　流さんならどうします？」

「何がスか？」

「もし、もしもですよ。計さんと別れることになって、それをミキちゃんに話したら、ミキちゃんが大泣きしちゃって、でも、ミキちゃんは流さんと計さんの幸せを願ってるから別れてほしくないとは言えなくて笑ってて、でも、泣いてるんです。それでも、流さんは計さんと別れられますか？」

二美子は早口で一気にまくし立てた。

流は腕組みをしながら二美子の発言を聞いていたが、左眉をピクリと動かすと、

「うーん、何を言ってるか全然わかりません」

と、首を傾げた。

「えー？　だから……」

「でも、俺が別れるって言ってもあいつは別れないって言うでしょうね。あ、ミキが泣くとか泣かないに関係なく」

流の言葉に二美子がスッと真顔になった。

「なんですか、それ？　ノロケですか？」

「ノロケ？　いや、俺は本当のことを言っただけで」

「それがノロケだって言ってるんです！」

「いや、だから」

流の顔がみるみる赤くなる。

レジ上の計は、いつまでも嬉しそうにほほえんでいる。

計が未来に行ったあの日から、三年目の夏が始まろうとしていた。


後日、守田が喫茶店に一人で訪ねて来た。

その時、二美子は不在だったが、

「あの子は、私の家で暮らすことになりました。娘と健二くんだけではなく、二年前に妻を亡くした私のことも気にかけてくれているのだと思います」

と、カウンターの中で仕事をする数に告げた。

「優しい子ですね」

「ええ、本当に」

守田はそれだけ言うと、額の汗が引く間もないまま、喫茶店を後にした。

第一話　完

第二話

名前のない子供を抱いた女の話

たいらのあそんおだかずさのすけさぶろうのぶなが

パッと見て、これが人の名前だと気づく人は少ない。

漢字で書くと、

平　朝臣　織田　上総介　三郎　信長

となる。こうなると、呪文のような文字列があの有名な戦国武将の織田信長《おだのぶなが》の名前を表していることがわかる。

それぞれ、

氏《うじ》　姓《かばね》　名字《みようじ》　官名《かんめい》　字《あざな》　諱《いみな》

に当たる。

戦国時代の名前は非常にめんどくさい。

成人して諱（実名）を付けるまでに名乗る「幼名《ようみよう》」という名前が存在したが、さらに、呼び名の変わる武将も多い。有名な武将では「木下藤吉郎《きのしたとうきちろう》」と「豊臣秀吉《とよとみひでよし》」は呼び方は違っても同一人物である。その秀吉の本名は「豊臣朝臣羽柴秀吉《とよとみのあそんはしばひでよし》」という。

時は流れて、現代は名字と諱だけが残った。名字は家の名前、諱は実名を指す。諱は「忌み名」とも呼ばれ、その人物の人格と結び付き、人格を支配できると考えられていた。

信長が活躍した戦国時代では、実名である諱でその人物を呼べるのは親か主君だけだった。つまり、テレビや小説で「信長様」と呼んでいるのは、視聴者にわかりやすくしているだけで、本来はあり得ない。

今の日本では、赤ちゃんが生まれると、法律上、生後十四日目までに出生届を出さなければならない。そして、一度付けた名前は正当な理由がない限り、変更することはできない。生まれてから死ぬまで名乗ることになる。

その大事な名前を、事前に考えておくことができていればいいが、そうではない場合、十四日間では少々時間が足りないのではないだろうか。

まして、一緒に名前を考えるべき夫が不慮の事故などで亡くなってしまったとしたら、なおさらである。

「この子を連れて過去に戻れることはわかりました」

桜《さくら》　恵《めぐみ》はベビーカーで眠る乳幼児を見下ろし、つぶやいた。

喫茶店内には、恵以外にカウンターの中に白いコック服を着た時田流《ときたながれ》、中央テーブル席には清川二美子《きよかわふみこ》が座っている。

「どうしても、亡くなったご主人にこの子の名前を付けてほしいと言うから、念のため私が付き添いでついて来たのよ」

と、恵の脇に控えていた高竹奈々《こうたけなな》が付け加えた。

高竹は、この喫茶店の常連客で、徒歩圏内にある総合病院に勤める看護師である。高竹も三年前の夏に、アルツハイマーで記憶を失う前の夫に会うために過去に戻った経験がある。

恵はこの喫茶店からさほど遠くないマンションに住んでいて、高竹の勤める総合病院で女児を出産した。夫の桜隆二《さくらりゅうじ》は、出産直前に傷害致死事件に巻き込まれて亡くなっていた。

「明日には出生届を出さなくちゃいけないから、今日が最後のチャンスなのよ」

出産後の母体というのは、一説には交通事故で大怪我《おおけが》を負った状態と同じくらいのダメージを受けているとも言われている。中でも一番大きなダメージを受けているのは子宮で、胎盤《たいばん》が剝《は》がれた後の子宮壁《へき》には直径三十センチほどの円形の損傷ができる。そのため、妊娠前の健康な体に戻るためには六～八週間ほどかかる。個人差はあるが、二、三週間は痛み止めを飲んでいないと動けない場合もある。

恵は比較的安産ではあったが、それでも陣痛《じんつう》から出産まで八時間を要した。産後、すぐに恵は「過去に戻りたい」と言い出したが、両親にはまともに取り合ってもらえなかった。

そんな恵の前に、過去に戻ったことのある高竹が現れた。高竹は自分の体験談を恵の両親にも話し、恵自身が強く望むのであれば、自分が付き添うことを条件とし、過去に戻ることを許してもらった。

恵の体は未《いま》だに鎮痛剤なしでは座ることもままならない。だが、それ以上に「過去に戻って夫にこの子の名前を付けてもらいたい」という強い意志があった。恵は都市伝説好きで、夫である桜隆二と一緒にこの喫茶店を何度か訪れたこともあり、過去に戻るためのルールもよく知っていた。

そんな恵が、今日、この喫茶店で最初に確かめたかったのは、

「子供と一緒に過去に戻れるのか？」

ということだった。

過去に戻れる席は一席だけで、向かいの席に座っても過去に戻ることはできない。普通に考えれば、過去に戻れるのは一人だけである。だが、子供を抱き抱えた状態で席に座れば、その席に座る恵だけではなく、抱き抱えられた子供も対象にならないかという質問だった。恵は、

夫である隆二に、一目、我が子を見せたいと強く望んでいたのである。

その問いに対して流は、一言、

「戻れると思います」

と、答えた。

「でも、確信はありません。何せ、前例がないので」

言ってすぐ、流はこめかみをかきながら付け加えた。

「わかっています」

恵自身も流の答えが予測できていたのか、落ち着いた表情でうなずいてみせた。

この喫茶店のルールには、〝ルールで定められていること以外は適用されない〟という雑な抜け穴がある。

今回の件で言えば、

「過去に戻れるのは一人だけである」

というルールはない。

つまり、誰もやったことがないだけで、店主である流としては「ルールに定められていない以上、戻れるはず」と答えるしかない。もしかしたら、赤ん坊を抱いた状態ではなくても、二人の大人がお尻を半分ずつ乗せて座っても、一緒に過去に戻れるかもしれない。

誰もやったことはない。だから、流は曖昧に答えるしかなかった。

そこに、話を聞いていた二美子が声をかけた。

「でも、大丈夫ですか？　私がご主人の立場だったら、その、自分の身に何かあったのかなって、勘繰《かんぐ》っちゃうと思うんですけど……」

恵はその質問にすぐには答えず、視線をベビーカーで眠る幼子《おさなご》に落とした。

二美子が続ける。

「たとえば、一人で過去に戻って、生まれてくる子にどんな名前を付けるつもりでいるのかを聞けば、ご主人に亡くなったことを悟られずにすむんじゃないですか？」

二美子の言いたいことはこうだ。

夫の隆二の立場からすれば、恵が子供を連れて「名前を付けてほしい」と現れれば、「その子が生まれた時、オレはいない。つまり、オレは死ぬ？」と考えるに違いない。夫婦で都市伝説が好きで、ここが過去に戻れる喫茶店であることを知っているならなおさらである。

つまり、赤ん坊と一緒に過去に戻ることが隆二への死の宣告になるのではないか、と。

恵は、高竹と顔を見合わせた。

「そうですね。もしかしたら、これは私の自己満足なのかもしれません。でも……」

「でも？」

「生まれて来たこの子を一目見たい、一度でいいから抱きしめたい。間違いなく、主人はそう思っているはずなので……」

そう言って、恵はベビーカーで眠る赤ん坊の頭を優しくなでた。恵の指の感触を感じ取ったのか、赤ん坊は目を閉じたまま、ピクピクと動いて反応する。

恵の言葉を聞いて、二美子は自分の浅はかな質問を恥じるように、

「すみません」

と、つぶやいて小さくなった。

項垂《うなだ》れる二美子の前に、高竹が歩み寄る。

「私もね、同じことを彼女に言ったのよ。そして、同じ答えを聞いて、同じように反省したわ。理屈じゃないわよね。私が彼女でも同じことをすると思う。だって、こんなにかわいいんだもの。会わせられるものなら会わせてあげたい」

「わかります。きっと、私でも同じことをすると思います」

高竹のフォローに二美子は大きくうなずき、赤ん坊の顔を覗《のぞ》き込んだ。

「かわいい」

不意にベビーカーに横たわる赤ん坊がぐずりはじめた。

「あ、あ、ごめんなさい」

二美子は自分のせいで赤ん坊が泣き出したのかと、大きく後ろに飛びのいた。母親になったばかりの恵も（こんな時はどうすればいいの？）と、高竹に目で助けを求めた。

「大丈夫、大丈夫」

高竹は慣れた手つきで恵の代わりに赤ん坊を抱き上げ「よしよし」と声をかけながら、赤ん坊のお尻に手を当てた。

「うんちじゃないわね」

「すみません」

恵は謝りながらも、心底、高竹に付き添ってもらってよかったと安堵《あんど》の表情を見せた。赤ん坊は絞り出すような声で泣きながら、みるみる顔を赤くする。

「お腹《なか》が空《す》いたのかしらね？」

高竹が流に目配せする。

「ミルク作りましょうか。粉ミルクと哺乳瓶、あります？」

「え？　でも」

恵は流の言葉に戸惑い、高竹の顔を見た。

「遠慮しなくて大丈夫よ」

高竹が恵の代わりに返事をして、

「じゃ、これ、お願い」

と、ベビーカーにぶら下げた巾着袋を流に差し出した。中には高竹に言われて恵が準備した粉ミルクや哺乳瓶などが入っている。

「すみません」

頭を下げる恵に、

「ちょっと待っててください。すぐ用意しますんで」

流はそう言ってキッチンに消えた。

「本当にすみません」

恵は申し訳なさそうにいつまでも流の消えたキッチンの方を見ていた。

常連客である二美子や高竹は、流の行動は、単なる善意であることがわかる。だが、恵にしてみれば、（店員さんにミルクまでお願いしていいものなのか？）と、不安になるのは仕方がないことだった。

そんな恵に二美子が語りかける。

「大丈夫ですよ。流さん、ミルクも作るの上手ですから」

「そうですか……」

恵は答えながら、

（気にしているのはそこじゃないんだけどな）

と、心の中で苦く笑った。


「名前、どうする？」

桜隆二が助手席の恵に尋ねる。車は池袋に向かうため、豊玉《とよたま》陸橋交差点で信号待ちをしている途中だった。

「まだ妊娠がわかったばかりなのに、気が早すぎない？」

恵はまだ少しも大きくないお腹をさすりながら答えた。

「男なら信長がいい！」

「冗談でしょ？」

「なんで？　かっこいいじゃん？」

「ダメ。戦国時代なら私も賛成するけど、今はダメ。もっと、普通の名前がいい」

「そっか。じゃ、どうする？」

「せめて、男の子か女の子かわかってからでいいんじゃない？」

「両方考えておけばいいじゃないか?」

「私、そういうの嫌なのよ」

「どうして?」

「もし、仮に男の子が生まれたら、女の子の時のために考えてた名前は使われないわけでしょ? 生まれてくる子供のために考えた名前なのに、なかったことにするのは、なんだかその名前がかわいそうで」

赤信号が青に変わり、まわりの車がゆっくりと動きはじめた。隆二も少し遅れてアクセルを踏む。

「そうだね。うん。さすがめぐちゃんだ。いいこと言う。その通りだ。やっぱり名前は生まれてから考えることにしよう!」

隆二の声がワントーン明るくなる。

「いや、だから、あと三か月も待てば性別がわかるから、それから考えればいいって言ってるの」

恵は隆二の極端な意見の変更には慣れていた。その様はまるで子供のように大人気《おとなげ》がなく、脈絡もない。

だが、恵はそんな隆二の無邪気さが好きだった。年は恵より二つ上だというのに、かわいいとさえ思っている。恵の言うことが正しいと思えば、すぐ前言を撤回する。自分のプライドよりも、楽しいこと、良いと感じたことに素直な性格をしている。悪いと思った時は素直に謝るし、自分が正しいと思っていることはテコでも曲げない。本当に子供がそのまま大人になったような人。

恵はそんな隆二のことを「こどな」と呼んでいた。子供のような大人。恵の造語だが、なかなか悪くないと思っている。

「いや、だから、生まれるまで知らないでおくんだよ。生まれて来るまで男の子か女の子かわからないなんて、赤ちゃんからのサプライズじゃん！　うわ、考えただけでドキドキしてきた！」

「もう！　お義父《とう》さん、お義母《かあ》さんに聞かれたらどうすんの？　今の世の中、生まれる前に性別聞いて、出産祝いに何贈るかって考えるのが常識なんだよ？」

「いいじゃん。教えられませーんって言っとけば」

「隆《りゅう》ちゃんとこはそれで通じるかもしれないけど（たぶん、通じるんだと思う。この人をずっと育てて来たご両親だし、なんなら隆ちゃんより「こどな」の匂いがプンプンしてるからな）、うちの両親はそういうわけにはいかないの！」

「なんで？　サプライズ嫌いなの？」

「そういう意味じゃなくて……」

恵は言ってから、少し間をとった。そして、何を思ったか急に表情を暗くして、声のトーンを落とした。

「そうなの。うちの両親はサプライズが嫌いなの。嫌いというかトラウマなの」

「トラウマ？」

「昔ね、お父さんとお母さんがサプライズのつもりで、お姉ちゃんの誕生日にケーキを買い忘れたフリをしたことがあったんだけど、サプライズだって知らせる前に、お姉ちゃんが突然家を飛び出して、三日間行方不明になったことがあったのよ。それ以来、うちではサプライズが禁止になってて……」

恵のこの話はほぼ本当であるが、実は、姉は家を飛び出したフリをしてすぐに戻って来た。サプライズをした両親をさらに驚かせるためだった。恵は隆二を納得させるために少し大げさに語った。普通の男性には効果がないかもしれないが、隆二は「こどな」である。

「そ、そっか。じゃ、サプライズはダメだね」

隆二は恵の話を真《ま》に受けて、ハンドルを持ったまましょんぼりと肩を落とした。恵も同じようにしょんぼりして見せたが、内心、

（こ、ど、な、チョロいな）

と、思っていた。

少し重い空気が流れたまま、車は市街地に入り、神保町《じんぼうちょう》の交差点手前の左折専用レーンで赤信号待ちになった。

「じゃ、じゃ、オレにだけ教えないようにして！　まわりにもオレには言うなって言って、オレにだけサプライズにする。どう？」

隆二はサプライズを諦めていなかった。車が止まっているのをいいことに、ガッツリ恵の顔を覗き込み、キラキラした目を向けている。

（しばらく黙り込んでいたのは、これを言うタイミングを見計らっていたからか……）

恵は考えた。「こ、ど、な」だから、こ、そ、この案を受け入れないとあからさまに不機嫌になる。

（どうせ、そのうちまた気も変わる）

恵は一度深刻に考えるフリをしてから、

「そうだね。うちのお父さん、お母さんにも隆ちゃんには内緒だよって言っとけばいいんだもんね。その案でいこう！」

と、告げた。

「やったーっ！」

運転席で隆二が踊り出す。信号はまだ赤だったが、間違えてアクセルを踏み込んでしまわないかと恵は本気で肝を冷やした。

「じゃ、名前は生まれてから考えるということで」

「え？」

「生まれてから一緒に考える。だって、オレは男の子、女の子、どっちが生まれてくるかもわからないわけだし」

「両方考えとけばいいんじゃない？（って言うか、私は事前にわかるから考えておくつもりだけど）」

「あれ？　そういうの嫌いなんじゃなかったっけ？」

いつの間にか、恵と隆二の言うことが逆転していた。話の流れとはいえ、恵は（しまった）と顔をゆがめる。

「わかった。名前は生まれてから一緒に考えよ」

「よっし！」

恵は小さくため息をついた。恵の両親は昔ながらの「お七夜《しちや》」などの儀式を楽しみにしている感がある。両親にしてみれば、かわいい初孫である。名前についても、すでにいくつかの候補をあげているのを聞かされている。

（それでも、やっぱり、私たちの子が一生背負う名前だから）

恵は、隆二と二人で決めたいと思っていた。


隆二がいなくなるなんて、想像もしていなかったあの日まで……。

ボーン、ボーン、ボーン

店内の大きな柱時計が午後三時の鐘を打ち、流がキッチンから哺乳瓶を軽く振りながら戻ってきた。

同じタイミングで、奥の部屋で昼寝をしていたミキが現れた。ミキは流の娘で、今年の春で二歳になった。まだ眠いのか、しきりに目を擦《こす》っている。

「なんだ、起きたのか？」

「三時はオヤツの時間だから」

流は柱時計を恨めしそうに眺めて、

「ちゃっかりしてやがる。ちょっと待ってろ。今はこっちが先だ」

と、ため息をついた。

「御意《ぎょい》」

「どこで覚えんだよ、そんな言葉？」

ミキは流の小言を無視して、オヤツが出て来るのを待つために白いワンピースの女が座る席の向かいの椅子によじ上った。その背後のテーブルに二美子。ミキはすでに二美子にもなついていて、二人でわけのわからない会話を繰り広げている。

「ふみこ」

「何？」

「しごと、なくなったか？」

「なくなってません」

「まいにちここにいる」

「ここが好きなの」

「けっこんするのか？」

「その好きとは違います」

「どのすきだ?」

「お気に入りの好き」

「おにぎり?」

「お、き、に、い、り」

「しゃけ、こんぶ、うめ、めだか、かえる」

「しりとり?」

「る!」

「る? る、る、る……」

考え込む二美子。

ミキと二美子の会話に眉をひそめながら、流は赤ん坊を抱く高竹に哺乳瓶を差し出した。

「すみません」

高竹の脇に立つ、恵が頭を下げる。

「少しぬるめにしてあります」

「ありがとうございます」

新生児に与えるミルクの温度は、人肌ぐらいがちょうどよいと言われている。料理人でもある流は温度計を使って、ミルクを体温より少し低めの三十三~四度で用意した。あくまで流の持論ではあるが、これが赤ちゃんが一番安心してミルクを口に含む温度だと思っている。ミキにミルクを作っていた経験から得た確信でもあった。

「ねー？　ミキのオヤツは？」

「ミキちゃん、しりとりは？」

「しりとり？」

ミキが不思議そうに言うので、二美子はガクリと項垂れた。二人の会話はいつもこんな感じでミキのペースで進む。そんな二人のやりとりを見ながら高竹がくすくすと笑った。流は二人のやりとりを見ても表情を変えることなく、ため息混じりに、

「はいはい」

と言うと、のそりとキッチンに姿を消した。

「きょうはナニみてる？」

ミキは無邪気に椅子の上に立つと、小さな手で白いワンピースの女が読んでいる本を摘《つま》んでひっくり返そうとした。

「ミ、ミキちゃん、ダメッ！」

慌てて二美子がミキの行動を止めに入る。止められたミキは大きな瞳をくりくりさせて首を傾《かし》げる。

ない。

「この人の本は触っちゃダメなの」

ミキは大きな瞳でパチクリと瞬《まばた》きをくり返した。二美子の慌てぶりをまったく理解できていない。

「あ、危ないから、ね？」

二美子がミキを止めたのは、椅子の上に立っているのは危険だとか、行儀が悪いからなどの理由ではなかった。

白いワンピースの女が幽霊であることは、二美子も知っている。三年前、二美子は過去に戻るために無理矢理彼女を椅子から引き剝がそうとして呪われた経験がある。血相を変えた彼女に睨《にら》まれた瞬間、見えない巨大な空気の塊に押しつぶされそうになった。息苦しくて、まともに話すこともできずに、その空気に床に押し付けられた。

その時は、時田数《ときたかず》の助けで事なきを得たが、

（幼いミキちゃんにあんな恐怖体験をさせるわけにはいかない！）

二美子はミキを呪いから守るために声をかけたのだ。

「さ、その手を離して、ね？」

ミキは本を摑《つか》んだまま無表情で二美子の顔を覗き込む。だが、二美子の制止を無視して、ミキは白いワンピースの女の本を取り上げてしまった。二美子は、

（呪われる！）

と、心の中で叫んで目を閉じた。

「？」

だが、何も起こらない。二美子が呪われた時のように、店内の照明が蠟燭《ろうそく》の炎のように揺らめいたり、亡霊の唸《うな》る不気味な声が響き渡ったりもしない。

天井ではシーリングファンが静かにまわり、耳をすませば柱時計のカチコチと時を刻む音が聞こえるだけ。

（なんで？）

何より驚いたのは、本を読むのを邪魔されたはずの白いワンピースの女が、表情ひとつ変えずに涼しい顔でコーヒーを飲んでいることだ。ミキは取り上げた本の表紙を凝視して、首をひねっている。二歳のミキはまだ文字が読めないのだ。

「何やってる？」

そのタイミングで流がキッチンから戻ってきた。手にはミキのオヤツの瓶入りのプリン。瞳をキラキラさせるミキの側《そば》で固まる二美子。

流はそんな二美子を横目に、

「要《かなめ》さんに本を返してあげなさい。あと椅子の上に立つのはやめろ」

と、ミキの目の前に瓶詰めプリンを置いた。

「御意」

ミキは白いワンピースの女に本を返すと、席に腰を下ろして瓶詰めプリンを手に取った。流の手にあった時はペットボトルの蓋ほどの大きさに見えた瓶は、ミキの手に掴まれると茶碗サイズに見える。

「あの」

「はい？」

「ミキちゃんは、今、なぜ、呪われなかったんですか？」

流に詰め寄る二美子の眼差《まなざ》しは真剣だった。

「やっぱり、時田家の血縁だからですか？」

「関係ないスね」

「じゃあ、なぜ？」

「呪われるのは過去に戻りたいと思ってる人だけなんス」

「え？」

「二美子さんが呪われたのは、過去に戻りたいと思ってた時でしょ？」

「はい」

「だから、呪われたんスよ。こいつは、今、過去に戻りたいなんて思ってないんで」

「呪われなかった？」

「その通りです」

二美子は瓶詰めプリンを食べるミキを見て、妙に腑《ふ》に落ちた顔になった。

「じゃ、もし、今、私が本を取り上げても？」

「呪われないっスね」

二美子は流の返答を聞くが早いか、白いワンピースの女の手元から本を取り上げていた。だが、何も起こらない。

「ホントだ！」

二美子は飛び跳ねて喜んだ。白いワンピースの女は無表情で宙《ちゆう》を見つめている。

「あ、でも、二美子さんは一度過去に戻ってるんで関係ないっスよ」

「え？」

「二度目はないんで、何やっても呪われないっス」

「どういうこと？」

「あれ？　言ってませんでしたっけ？　過去に戻れるのは一度だけだって」

「聞いてない」

「一度だけです」

「一度だけ？」

「一度だけです」

「嘘《うそ》でしょ？」

「ホントっスよ」

「でも、そんなルール一度も聞いたことないけど」

「あ、これはルールじゃなくて決まりなんで」

「決まり？　同じでしょ？」

「いえ。ルールは守るべきもので、破ろうと思えば破れてしまうもの。でも、決まりは決まっているので破れないんです」

「つまり？」

「二美子さんは二度と過去には戻れません」

「未来は？」

「もちろん、行けません」

「ガーン」

二美子はヨロヨロと後ずさり、元いた席に座り込み、ガクリと項垂れた。

いつの間にか、哺乳瓶のミルクがほぼなくなりかけていた。
だが、恵はただぼんやりと高竹の腕の中の赤ん坊を見つめるだけで、哺乳瓶が空になってい
ることに気づいていなかった。
（でも、やっぱり彼女や高竹さんの言う通りかもしれない。本当に、この子を連れて会いに行
っていいのだろうか？　私が一人で行って名前を聞いてくるだけでもいいのでは？　誰だって
自分が死ぬことなんて知りたくないはず。それは隆ちゃんだって同じ……、でも）
人はどんな時でも迷いながら生きている。何かを決断しても一〇〇パーセント迷いがないと
いうことはない。迷いとは心の中にいるもう一人の自分である。漫画などではよく天使と悪魔
で表現されるが、どちらも自分の心の声である。
恵の心の中でも、二人の恵が意見をぶつけ合っていた。
（隆ちゃんなら平気だよ。むしろ連れて来たことをほめてくれるはず）
（それはあなたの勝手な想像でしょ？　連れて行くことで、あなたは死にましたって宣言する
ことになるんだよ？　どうやってごまかすの？）
（ごまかす気なんてないよ。正直に話して）
（だから、それが勝手だって言ってるの！　知らない方が幸せなことだってあるはずよ。なん

でも馬鹿正直に話せばいいってもんじゃないでしょ？　なんで、死んでしまった隆ちゃんの気持ちばっかり考えて、過去でまだ生きている隆ちゃんの気持ちを考えられないの？）

出産後から何度となくくり返された心の中のやりとりだった。

恵は、

（なぜ、今になってこんな迷いが……）

と、目を閉じた。

人の心は移り変わる。どんなに固い決意をしても、些細《ささい》な出来事が原因で、また迷いだす。無理矢理気持ちを抑え込もうとしても、一度生まれた迷いを振り払うのは困難である。数秒前までの自分とはまるで違う考えの自分がそこにいる。恵自身にも、なぜ迷いはじめたのかわからない。

「大丈夫ですか？」

そんな恵の空気を読んで、流が声をかけた。その時になってやっと恵は赤ん坊がミルクを飲み終わっていることに気づき、

「あ、もう……、すみません、ありがとうございました」

と、流に頭を下げた。赤ん坊は高竹の腕の中で満足そうに目を閉じている。

「もし、オレの妻が生きてここにいたら……」

流はそう言って、そのままレジ上に置かれた写真立てに視線を向けた。写真に写るのは流の妻、時田計《ときたけい》である。

「え？」

流が突然、自分の妻のことを話しはじめたので、恵は戸惑いを隠せなかった。流はそんな恵の戸惑いに気付きながらも、話を続けた。

「妻なら、絶対会いに行くべきよって言うと思います」

「そうね。計ちゃんなら、そう言うわよね」

流の発言に驚いて恵が目を大きく見開いている横で、高竹が相槌《あいづち》を打った。

「どういうことですか？」

恵の問いに、流は細い目をさらに細くして頭をかいた。

「オレは人と関わるのが苦手で、他人の行動に意見するのを避ける性格なんスけど、妻は真逆で。たぶん、今のあなたを見たら『行くべきだ』って言うと思います」

「なぜ？」

流が写真立てに手を伸ばす。写真の中の計はくりくりとした大きな目を輝かせて、優しくほほえんでいる。

「妻も会いに行ったんスよ。未来に」

「え？」

「体の弱かった妻は、こいつを産めば長くは持たないって言われてましたからね。自分のいない未来で、こいつが幸せに生きてるかどうかを確かめたかったんでしょうね」

流が「こいつ」という視線の先にはミキがいる。

「俺はね、反対しました。こいつが生まれてない未来だってあり得ましたから。でも、妻は行きました。未来に。そして、笑顔で帰ってきました」

「あの時……」

高竹がつぶやく。

「もし、未来に行ってなかったら、未来でミキちゃんに会えてなかったら、たとえ、無事にミキちゃんを産んでたとしても、ずっと、不安なまま、泣いていたかもしれないわね」

「そうっスね」

流は未来に行くと言い出した計を止めようとした自分を思い出して、苦笑いを見せた。今では、行かせてよかったと思っているのだ。

「だから、もし、あなたが迷っていたら、妻はきっと『行くべきよ』と言うと思います」

「私も言われたし」

高竹がそう言って肩をすくめる。

「そうでしたね」

高竹は、アルツハイマーで自分のことを忘れてしまった夫が「渡しそびれた」と言って大事に持っていた手紙を受け取りに過去に戻ったことがある。

その時、高竹も迷った。過去の自分宛に書いた手紙を、今の自分が受け取るべきかどうかを。

だが、計は「受け取るべきよ」と、高竹の背中を押した。

「大丈夫。自分を信じて。ご主人を信じて。人生にはね、行動する、しないの二つの道しかないわ。人間は、必ずどちらかを選択しないといけない。私は行った。計ちゃんも」

「私も」

二美子はそう言って強い眼差しで恵を見た。

「行かなければ行かなかったで、あなたはずっと後悔すると思う。この子の名前を呼ぶたびに。なら、行くべきだと思う。行って、名前を付けてもらうべきよ。この子の名前はご主人に付けてもらったんだって、胸を張って生きるために」

高竹は恵に優しくほほえんで見せた。

「わかりました」

恵は大きくうなずいた。

（そうだ。行かなければ私はきっと後悔する。行くなら、正直に話そう。どうせ、ごまかし切

れるもんじゃない）

恵は、心を決めて白いワンピースの女の座る席を見た。

「私、行きます。もう、迷いません」

「うん」

高竹が満足そうにほほえみ、流と二美子が顔を見合わせる。

ちょうど、そのタイミングでミキが、

「ごちそうさまでした」

と、瓶詰めのプリンを食べ終えて、手を合わせた。


恵が待つと決めてから、二時間が過ぎた。

過去に戻るためには、白いワンピースの女がトイレに立つのを待たなければならない。だが、白いワンピースの女がいつトイレに立つのかはわからない。

フニクリフニクラの営業時間は朝十時から夜八時だが、その間にトイレに行くとは限らない。真夜中だったり、早朝だったりすることもある。統計をとっても、席を立つ時間に規則性はなく予測もできない。過去に戻るためには、ただ待つしかなかった。

ボーン、ボーン、ボーン

柱時計が五つ鐘を鳴らした。

二時間も経《た》つのに、喫茶店には恵以外の客は誰も来なかった。その間、二美子は仕事に戻ると言って席を外し、高竹はアルツハイマーの夫が交番に保護されていると連絡が入ったので「すぐ戻る」と言い残して店を後にした。今、店内にはミキを連れて買い出しに出た流と入れ替わりに戻って来た時田数だけ。

数はカウンターの中で静かに佇《たたず》んでいるだけで、とくに話しかけてはこない。恵は入り口近くのテーブル席に腰をかけ、ベビーカーをゆっくり前後に揺らしながら席が空くのを待っていた。

産後の母体を高竹は心配していたが、恵に疲れは見えなかった。生まれたばかりの娘も、途中何度かぐずりはしたが、今は静かに眠りつづけている。

（早く会わせたい。そして、隆ちゃんに名前を付けてもらおう）

恵の心から迷いは消えていた。

その時だった。

パタン

店の奥から本を閉じる小さな音がした。恵が音につられて視線を上げると、白いワンピースの女がゆっくりと立ち上がるのが見えた。

「あ……」

恵の口から思わず声が漏れる。二時間待ち、「ようやく立った」という心の声だった。恵は思わず店内を見回して、いないはずの高竹の姿を捜していた。

（立ったのに）

恵は、過去に戻る時には、さっき流とともに「行くべきだ」と背中を押してくれた高竹にも側にいてほしかった。だが、白いワンピースの女が待ってくれるとは思えない。恵は白いワンピースの女を目で追った。白いワンピースの女は閉じた本を持ったまま、足音を立てることなく恵の脇を抜け、トイレへと消えた。

その様子を見届け、恵はカウンターの中の数に目配せをする。

「どうぞ」

数は表情を変えることなく静かに恵を白いワンピースの女のいなくなった空席へと促した。

「はい」

恵はベビーカーで眠る娘を起こさないようにそっと抱き上げると、ゆっくりと歩み出て、席の前に立った。

(ここに座れば、隆ちゃんに会える)

恵は眠る娘を抱えたまま、慎重に体をテーブルと椅子の間に滑り込ませた。

座った瞬間、体全体を包み込む空気がひんやりしていることに気づく。その席から見回すと、視線の先に柱時計が見える。三台ある柱時計の真ん中。恵が腕時計で確認すると現在の時刻を正確に刻んでいるのはこの正面の柱時計だけだった。両脇の二台は時刻が大きくズレているうえに、針の動きは止まっている。

(壊れているのかしら?)

恵は小さく首を傾げた。

「ルールはご存じでしたね?」

いつのまにか、側に数が立っていた。手に持ったトレイの上にはピカピカの銀のケトルとコーヒーカップが載っている。

「は、はい」

数はトレイから真っ白なコーヒーカップを持ち上げ、ゆっくりと恵の前に置くと、

「これから私があなたにコーヒーを淹《い》れます。過去に戻れるのはカップにコーヒーが満たされてから、そのコーヒーが冷め切ってしまうまでの間だけです。よろしいですか？」

と、説明した。透き通った、落ち着いた声。抑揚のない淡々とした説明だった。

「はい。大丈夫です」

（まさか、本当に過去に戻れるとは思っていなかったけど）

恵は空のカップを見つめながら数に気づかれない程度に肩をすくめた。

「従兄《あに》から聞いているとは思いますが、過去に戻ったら、お子様からは離れないようにしてください。離れると、お子様だけが過去から現在に戻ってくることになります」

厳密に言えば、

「どこか体の一部分でも触れていればいい」

と、聞いている。

「わかっています」

恵は、胸に抱く娘の頭部に自分の頬を押し付けながら答えた。

「では」

数はそう言って銀のケトルを胸の前に構えて、

「コーヒーが冷めないうちに」

と、ささやいた。

その瞬間、店内の空気がピンと張り詰めるのを感じた。恵が緊張したからだけではない、ハッキリとわかる変化だった。

恵の目の前で、銀のケトルから一筋のコーヒーがカップに向かって落ちていく。そして、カップに満たされたコーヒーから一筋の湯気が立ち上る。その一筋の湯気を目で追った瞬間、恵は天地がひっくり返るような大きな目眩《めまい》に襲われた。まわりの景色がグニャリとゆがみ、上から下へと流れていく。一瞬、何が起きているのかわからなくなりパニックになった。

見ると、抱いていたはずの娘の体も自分の手もフワフワと漂う湯気になって宙に浮いている。恵は湯気になった娘を落とさないように、同じく湯気になった手と腕で強く抱きしめた。

次の瞬間、恵の体は絶叫系のジェットコースターにでも乗っているかのようなスピードで、天井へと吸い込まれていった。

「仕事を替えてほしい」

恵は、消防士である隆二の身をいつも案じていた。

消防士は火災の時の消火活動のほかにも、地震・台風などの自然災害が起きた際には、人命救助活動なども行う。恵は妊娠してから、テレビで災害などの報道を見るたびに、隆二に転職の話を切り出すようになった。

「大丈夫。めぐちゃんは心配しすぎなんだよ」

「でも」

「もちろん、現場で亡くなる人がいないわけじゃないけど、去年は職員十六万人に対して、亡くなったのは七人だし」

「わかってるけど」

「大丈夫だって」

「人の命を守るのが消防士《オレ》の仕事で、そのためにオレはオレの命を使いたいと思ってる。いつも話してるだろ？　それはオレが子供の頃読んだ……」

「わかった！　わかったわよ！」

恵は降参しましたと天を仰いだ。恵も隆二が殉職《じゅんしょく》するとは思っていない。心配なだけなのだ。

隆二もそれはよくわかっている。

「安心していいよ。オレは死なない。この子を残して死ねるわけがないだろ？」

隆二はそう言って、まだ大きくもない恵のお腹を優しくなでた。

恵は大きなため息をついた。

隆二が消防士を目指したのは子供の頃に見た漫画がキッカケだった。主人公が消防士だったわけではない。影響を受けたのは、たまたま読んだ回の一コマに出てきた消防士のセリフだった。火災現場から子供を助け出した消防士が、主人公に、

「なぜ、あなたはこんな危険な仕事を選んだのですか?」

と問われ、

「命を使うと書いて使命って言うでしょ?　今日、この子を助けるのが僕の使命だったからです」

と、答える。

このセリフを読んだ隆二の頭に電流が走った。

(カッコよすぎる!　オレも消防士になって命を使う!)

恵はこの話をもう何十回、何百回と聞かされてきた。転職を考えてほしいと言うのは、心配していることを伝えるための挨拶のようなものになっていた。

だが、運命は皮肉にも別の形で降りかかる。

出産を前に、恵は実家の福島に一時的に里帰りしていた。

恵の実家は今でも黒電話を使っている。黒電話はその名の通り黒い本体に回転式のダイヤルが付いた電話機で、着信のたびに、

ジリリリリリ、ジリリリリリ

と、けたたましい音が鳴る。

恵の実家は昔ながらの農家で、数年前に建て替えるまではかやぶき屋根の古民家だった。農家の家の造りには特徴があり、部屋が田の字に並び、平屋でとにかく広い。窓が少ないため家の中が薄暗く、曲がった材木が柱などに使われている。居間や客間、寝室、作業場があり、ほぼ全体的に土壁が使用されている。

だが、二〇一一年に起きた東日本大震災の被害で、一部倒壊、建て替えとなった。柱や梁《はり》などに使われていた木材はまだまだ使えそうだったので、それらを再利用して半古民家風の家として生まれ変わった。恵も時々里帰りするが、家の至る所に昔の家の面影が残っている。新しくはなったものの、帰れば、ちゃんと、

（実家に戻ってきた）

と感じられる家となっていた。

里帰りは、出産を前に隆二の子供っぽさにイライラすることが多くなったことも原因だった。

隆二も反対はしなかった。逆に、

「おー！　久しぶりの一人暮らし！　やったー！」

と、恵の気持ちを逆なでした。

悪気がないことはわかっている。よく言えば正直者、悪く言えばデリカシーがない。出産という未体験の大仕事前でなければ笑って聞き流せているかもしれない。だが、できなかった。

恵は都心を離れ、隆二から距離を取り、両親、祖父母に囲まれながら平穏な日々を過ごしていた。


そんなある日、黒電話がけたたましく鳴り響いた。最初に受話器を取ったのは祖母だった。耳が遠く何度も聞き返す祖母を見兼ねた恵が、受話器を横取りするような形で対応した。祖母は断片的に聞き取った言葉から不穏な空気を察し、恵の背後で心配そうに控えていた。

「そんな、うちの人がですか……？」

恵の顔がみるみる青ざめていく。

警察が告げたのは、隆二が帰宅途中の電車の中で喧嘩《けんか》の仲裁に入り、逆上した乗客に持っていたカッターナイフで頸動脈《けいどうみゃく》を切り付けられたこと。そして、出血多量で亡くなったということだった。

恵には受話器を置いたところから、霊安室で横たわる隆二の顔を見るまでの記憶がない。どうやって家を出て、移動して、警察署までたどり着いたのかわからない。父と母が一緒に付いて来たことも覚えていなかった。

母親の話だと恵は受話器を置いても取り乱すこともなく、話しかけても至って冷静に受け答えをしていたという。警察署に到着して恵が霊安室に入る姿を見るまでは、何かの間違いだと思っていた。

その直後、恵の陣痛が始まった。恵が声をあげて涙を流したのは、分娩室《ぶんべんしつ》で生まれたばかりの娘と対面した時だった。

恵が目を開けると、一つ向こうのテーブル席に、隆二がいた。

「おお」

隆二はキラキラした瞳で恵を見ている。

「な、何？」

隆二が突然現れた恵を見て驚いていることはわかっていた。だが、恵はあえて首を傾げて見せた。いきなり未来から来たと言っても、信じてもらえないと思ったからだ。

隆二は恵の座る席に歩み寄った。

「今、めぐちゃん、オレの目の前に座ってたのに、まばたきした瞬間ここに座ってたんだけど、何？　どうやったの？」

（そりゃ、驚くよね？　でも、私を幽霊か何かを見るような目で見てるけど、実はもっと驚いてるのは私の方だからね？）

事実、恵は霊安室で横たわる隆二を見ていたし、葬儀では棺桶《かんおけ》の中の遺体に花も添えたことを覚えている。それは紛れもない事実で、変えようのない過去だった。

その隆二が目の前にいる。恵の方が危うく声をあげそうになった。

「……と、いうことは、もしかして、めぐちゃん、未来から来たってこと？」

「正解」

都市伝説好きな二人は、過去に戻れると噂《うわさ》のこの喫茶店に何度か来たことがあった。もちろん、ルールのこともよく知っている。今、恵が座っている席が過去に戻れる席なのだから、当然、その席に現れた恵が未来から来たということは、隆二にも想像がつく。だが、今の隆二は、まだこの事実を受け止めきれていなかった。

呆然《ぼうぜん》としながらも、隆二は恵の向かいの席にゆっくりと腰を下ろした。

「えっと、説明してる暇はないんだけど、あのね」

言いながら、恵は隆二が死ぬことを告げてから娘の話をするか、娘の話をしてから死ぬことを告げるか迷っていた。言葉の歯切れが悪い。

そんな恵の迷いをよそに、隆二は目の前のコーヒーカップを凝視している。

「え？　これ？　これが冷め切るまでに飲まなきゃいけないコーヒー？」

「そうだね」

隆二は両手を伸ばして温度を確かめるために手のひらをカップの側面に当てた。

「ぬる！　このコーヒーぬるくない？　こんなのすぐ冷めちゃうよ？」

「え？」

隆二の言葉に驚いて、恵はコーヒーを一口飲んでみた。

「本当だ。ぬるい」

恵は目を丸くした。隆二に言われなければ、火傷《やけど》とまではいかないが、それなりに熱いものだと思い込んでいた。これは想像以上に一緒にいられる時間は短い。

（七〜八分。いや、もう少し長いか？　でも、体感だと二、三分ってとこ？）

人間の感覚は曖昧である。不快な時間は長く、楽しい時間は短く感じる。恵は正面の柱時計の盤面を見た。時計は五時十七分を指している。この時計の針が二十五分を指したら、一度温度を確かめる。恵はそう自分に言い聞かせた。

しつこくカップを覗き込んでいた隆二が、突然、

「オレが飲んだらどうなるのかな？」

と、突拍子もないことを言い出した。発想が子供じみている。だが、これが隆二のこどなっぷりなのだ。

これからどんな運命が待ち受けているのかを知らずにはしゃぐ隆二の姿に、恵はいたたまれない気持ちになった。

その隆二が、今度はカウンターの中にいる数に向かって、

「これ、オレが飲んじゃダメなんですか？」

と、問いかけた。

「ちょっと、変な質問しないでよ」

さすがに子供じみた質問だと思い、恵は隆二をたしなめた。

だが、数は隆二の質問に特別何の反応も示さず、ただ、冷静に、

「大丈夫です」

とだけ答えた。

確かに、ルールでは冷め切るまでに飲みほす必要はあるが、誰がという指定はない。

「すげー！」

質問した隆二のテンションは爆上がりしている。

「もう」

恵は呆《あき》れながらも、悲しそうに小さなため息をついた。何度もくり返してきたやりとりだが、コーヒーを飲みほしてしまえば、最後になる。隆二から顔を背けて、思わずあふれそうになる涙を拭った。

「かわいい子だな？　誰の子？」

恵が抱いている赤ん坊の存在に、隆二が興味を示した。

「隆ちゃんの子に決まってるでしょ！」

「え？　ウソ？　マジで？　オレの子？」

「当たり前でしょ！」

「おお、よく見せて」

隆二は向かいの席から立ち上がり、恵のすぐ脇に立ち、赤ん坊の顔を覗き込んだ。

「女の子？」

「うん」

「かわいいな。目元なんかめぐちゃんそっくりじゃん」

「そう？　鼻は隆ちゃんに似てる」

「本当？」

「似てる、似てる」

「そっか。似てるか。嬉《うれ》しいな」

隆二はそう言って赤ん坊の小さな鼻を指で優しくなでた。幸せそうにほほえむ隆二の顔を見て、またも恵の瞳から涙があふれそうになる。

（なぜ、死んじゃったの？）

考えても仕方ないことはわかっている。だが、恵の頭の中はこの思いでいっぱいだった。

「あのさ」

「な、何？」

突然、隆二が神妙な面持ちで恵の顔を覗き込んできた。

見たこともないような真剣な目をしている。

恵の心拍数が上がる。

（やっぱり、わかっちゃったか。そりゃそうだよね。娘を連れて会いに来るなんて不自然だも

ん。ごめん。本当は私の口からちゃんと言わなきゃいけなかったのに）

恵は身を固くして、隆二の次の言葉を待った。

「オレ……この子が彼氏とか連れて来たらぶん殴っちゃうと思うけど、いい？」

「は？」

予想外の隆二の言葉に、恵の息が一瞬止まる。

「ダ、ダメに決まってるでしょ！　てか、気が早いっ！」

「オレ、結婚式で号泣する自信あるわ。絶対、手紙とかやめてほしい！」

「だから、気が早いんだって！」

「あー、ダメだ。想像しただけで泣けてきた」

隆二は二、三歩後ずさり、くるりと恵に背を向けた。

「だから」

恵は大げさだと言おうとして、隆二が肩を震わせて泣いているのを見て言葉を失った。

（やはり、隆ちゃんは気づいていた）

隆二は子供のような大人だが、頭の回転は早い。子供の頃から将棋が得意で、小中学生対象のアマチュア大会では敵無しと言われるほど好成績を残していた。消防士になってからも、時々、プロ棋士が指導する将棋教室などにも顔を出していた。この喫茶店に、恵が幼い赤ん坊を連れて自分に会いに来たとなれば、消防士である自分の身に何が起こったのかを想像することはたやすいだろう。

「ごめん」

「なんで謝るんだよ?」

「ちゃんと私の口から伝えなきゃいけなかったのに」

(怖かった)

「隆ちゃんに悟らせちゃった」

(それすら期待していた自分もいる)

「もしかして、私がこの子を抱いて現れた時から気づいてた?」

「……うん」

「そっか。やっぱり」

「いきなりだったからね。正直混乱したし、その、何て言うの? 事実を受け止めるのに時間がかかっちゃった。ごめんね」

「なんで隆ちゃんが謝るの? 悪いのは私でしょ?」

「悪くはないよ。悪くはない。だって……」

隆二はゆっくり恵の座る席に歩み寄って、

「こうやってこの子に会えたんだから……」

と、赤ん坊の頭に手を伸ばした。

恵の目から涙がこぼれ落ちる。

「オレね、ずっと考えてたんだ」

赤ん坊の頭をなでていた隆二の指の背が、ゆっくりと頬へと移る。

「男の子だったら絶対に柔道か空手やらせたいって。いざって時に女の子を守れる男になってほしいから。バカでもいい。大事なものが何であるかをちゃんと知ってる優しい男に育ってほしいと思ってた」

「うん」

隆二の顔を見上げて恵は小さくうなずいた。

「女の子だったら、どんなに悪さしても、全部許しちゃうだろな。デレデレの甘々なお父さんになる。欲しいものがあるって言われたら、たぶん、めぐちゃんに内緒で買っちゃうだろうし、行きたいって言われればどこへでも連れて行っちゃう」

目を真っ赤にしている隆二だが、その表情には笑顔があふれている。

「でも、そんなの小さい時だけなんだろな。思春期になって彼氏とか連れて来たら、オレ絶対不機嫌になるからこの子に嫌われるわけよ。あいつはダメだとか言ってさ。喧嘩になって。お父さんなんて嫌いって何度も言われてさ。もう何日も顔合わさない生活が続くわけ。無視とかされんのかな？　耐えきれるかな？　オレの性格からして無理だろうな？　なんで無視するんだよって詰め寄っちゃって、それでまた嫌われるわけ。どうしようもねーな」

「うん」

「でもね、結婚式では手紙とか読んでくれるんだよ。最後は産んでくれてありがとう、お父さんの娘で幸せでしたって……」

隆二がもう一度赤ん坊の頭をなでると、うぶ毛のような髪がふわふわとなびいた。

「隆ちゃん……」

「泣いちゃって、ごめん。めぐちゃんだって、ずいぶん悩んだろうにね？」

「ううん。私の方こそ、ごめん。わかってたのに。ごめん。どうしても隆ちゃんに会わせたかったから」

「わかってる」

「本当にごめん」

「わかってるから」

隆二は赤ん坊の頭をなでていた手で、恵の頬の涙を拭った。

「隆ちゃん」

顔を上げた恵の目に正面の柱時計が映った。さっき五時十七分だった時計の針が少しも動いていない。

この喫茶店の柱時計は、過去に戻ると恵から見て正面の時計は動きを止め、店内に三台ある柱時計のうち一番入り口に近いものが動き出す。現実の世界では、過去に戻れる席から見て正面、つまり真ん中の柱時計が正しい時を刻むが、過去に戻ると左端の時計が動く。恵は止まっている時計を見て時間を計っていたのだ。

「え？」

恵は慌てて、カップに手を当ててみた。カップはさっきよりも冷たくなっている。

「時間？」

ルールをよく知る隆二も、恵の行動で残り時間が少ないことを悟った。

「名前」

「え？」

「この子の名前を……隆ちゃんに付けてほしいの。あなたの名前はお父さんが付けてくれたんだよって言って育てるから。だから、お願い」

「……優」

「え？」

「優、優しいと書いて『ゆう』」

「ゆう？」

　隆二は即答した。

「ずっと、考えてたんだ。ほら、オレ、生まれるまで男の子か女の子か知りたくないって言ってただろ？　でもね、我慢できなくて、どんな名前がいいかなってずっと考えてたんだ。それで『優』って書いて男の子なら『ゆたか』、女の子なら『ゆう』って読ませようって」

「優」

「あと、オレが彼氏ぶん殴っても優しく許してほしいから。その願いも込めて」

「……バカ」

「よろしく」

「……わかった」

　叶《かな》わぬことだとわかっていても、隆二は名前に願いを込め、恵はその想《おも》いを受け止めた。

「来て」

　恵は隆二に優を抱くように促した。

「え？」

「私が優の体に触れてれば大丈夫だから」

「ホントに？」

隆二はカウンターの中に佇む時田数を顧みる。数は何も答えず、ただ静かにうなずいて見せた。

恵が優の手を握ったまま、隆二はその手に我が子を抱いた。

「優ぅ」

大粒の涙をこぼしながら隆二が呼びかける。

「優、優？」

何度も何度も。

「ああ、なんでオレ死んじゃうんだろうな？　こんなかわいい子を残して。神様、お願いだからオレ殺さないで。結婚式までなんて贅沢《ぜいたく》言わないからさ。せめて彼氏ぶん殴るまで、ううん、この子が幼稚園に上がるまで、いや、生まれてくるのを見届けるまででいいから、お願いします！　お願いします！」

隆二は、涙で濡《ぬ》れた頬を優の頬に押し付けた。

「隆ちゃん……」

恵の手には、優の体を伝って、隆二の「離れたくない」という気持ちが伝わってくる。

しかし、不思議にも隆二に抱きしめられている優は泣くことはなかった。そればかりか、小さな手を隆二の頬に当てて動かしている。

まるで、隆二の涙を拭っているかのように。

「ああ……」

隆二はその小さな手を握りしめ、大きく肩を揺らした。

「ダメだ」

隆二はそう小声でささやくと、ぎゅっと強く目をつぶって、優を自分の体から引き剝がすように恵の胸に押し返した。

「りゅ……」

恵が息を呑《の》む。

隆二の顔は、ぐしゃぐしゃにゆがんで真っ赤になっている。隆二のこんな険しい表情を、恵は未だかつて見たことがなかった。

(結局、私は隆ちゃんをこんなに苦しませてしまった)

「ご、ごめ……」

恵が隆二に謝ろうとした、その時だった。隆二の手がいきなりコーヒーカップを摑み、そのまま止める間もなく、恵が飲むべきコーヒーを一気に飲みほしてしまった。

ガチャン！

隆二は割れてしまうのではないかと思うほど勢いよく、飲みほしたカップを受け皿に戻した。

「え？」

そのあまりに大きな音に、優も驚いてぐずりはじめてしまった。だが、今はそれよりも隆二の行動が気にかかる。

「隆ちゃん……？」

隆二は肩で息をしながら、二、三歩後ずさりして背後のカウンターに倒れ込むように体を預けた。全身の力が抜け、さっきまで真っ赤だった顔は血の気がひいたように青白く見える。

「……なんで？」

「残酷だなって思ったから」

「え？」

隆二の言葉に恵の心臓が止まりそうになった。

（やっぱり、来ちゃいけなかったんだ）

恵は震える声で、

「私が、この子を、連れて来たこと、やっぱり」

（怒ってるよね？）

と、尋ねようとしたが、言葉にはならなかった。

「違うよ」

隆二が答える。

「え？」

「こ、こんな状況でコ、コーヒ、ヒー飲み、ほ、すなんて、めぐちゃんには残酷すぎるでしょ？」

「そんな……、私のために？」

「もちろん」

顔を上げる恵に隆二は白い歯を見せて、にっこりほほえんだ。

（私のために……）

「隆ちゃん……」

恵の視界がぼやける。涙のせいだけではない。過去に戻ってくる時と同じく、ぐらりと世界がゆがみ目眩に襲われる。体がふわりと軽くなり、体が宙に浮く。

「隆ちゃん！」

恵はこの時になって初めて、これまでの自分の考えや行動が、いつも隆二の優しさで許されていたことに気づいた。

きっと、隆二本人に自覚はない。だが、恵が「こどな」と呼ぶその行動の裏には、二人の間に起きるであろう意見の衝突や、喧嘩などを回避しようとする隆二の優しさがあったのかもしれない。

恵が現れてすぐに、恵のコーヒーを、

「オレが飲んだらどうなるのかな？」

と、突拍子もないことを言い出した。

その時も、

（発想が子供じみている）

と、恵は呆れ、困惑し、いたたまれない気持ちになった。だが、その発想だって隆二はこうなることを予想して「誰が飲んでもいい」と確認したのかもしれない。それは隆二の無意識のなせる業《わざ》なのか、勘のようなものなのかはわからない。

（私は、泣いてる隆ちゃんを一人残して、コーヒーを飲みほすことはできなかった）

もし、コーヒーを飲みほすことができず、恵が幽霊になってしまえば、一番悲しい思いをするのは隆二である。わかっている。わかっていても、恵は目の前のコーヒーを飲みほすことはできなかっただろう。隆二は、そんな恵の性格もよく理解していた。

（私はそうやって、常に、隆ちゃんの優しさに守られてきた）

その気持ちを、恵はどう伝えればいいのかわからなかった。時間もない。でも、何か言わなければ……。

「隆ちゃん！」

「ん？」

まわりの景色が隆二の姿を残しながら上から下へと流れはじめる。恵の体は完全に湯気に変わった。隆二からはもう恵の姿は見えない。でも、恵の声だけは届いていた。だが恵は、隆二に最後にかける言葉が思い浮かばずに混乱していた。

（「愛してる」「あなたと出会えて幸せだった」「私は幸せだった」……そんな言葉じゃ足りないよ！　これが最後なのに！　もう二度と会えないのに！）

湯気に変わった恵の体が、ゆっくりと上昇をはじめる。

（あなたがいなくなるなんて考えたこともなかった。突然すぎるよ。本当は今でも信じたくない。信じられない。今、あなたは存在しているのに、現実に戻ったら二度と会えないなんて信じられない。ああ、あなたがいなくなって寂しい。寂しいよ。死なないで。死んでほしくない。一人にしないでよ。悲しいよ、悲しい。隆ちゃんがいないなんて悲しすぎる。私、一人で優を立派に育てていけるかな？　あなたなしでがんばれるかな？　不安だよ。不安しかないよ。考えれば考えるほど、不安しかない。お願い、私を残して死なないで……）

あふれ出る思いとは裏腹に、口に出す言葉は見つからないまま、意識はどんどん遠くなる。湯気と化した手を隆二に向かって差し出しても、恵の体は上へ、上へと引っ張られる。どんなに抵抗しても抗《あらが》えない別れが近づいている。

湯気になった恵を見上げる隆二の目も、涙でいっぱいになっているのを見て、恵はハッとした。

（そうだよね。隆ちゃんだって、死にたくないよね。私とこの子の将来を考えると不安でしょうがないよね？　私に死なないでなんて言われたら、隆ちゃんもつらいよね？　悲しいよね？　どんな努力をしても隆ちゃんが死ぬという現実を変えられないなら、せめて、せめて、今だけでも、この最後の別れの時だけでも、隆ちゃんを不安にさせたくない。最後まで優しかった隆ちゃんの心を、一瞬でも、安心させたい）

恵は、努めて明るく、

「私、優がろくでもない男を連れて来たら、隆ちゃんの代わりに殴ってやるからね！」

と、力一杯叫んだ。

一瞬、隆二がキョトンと目を丸くしたのが見えた。

そこで恵の意識は途切れた。

後には、何もなかったかのような静けさだけが残った。

「ははは」

隆二は涙を浮かべたまま笑った。そして、

「よろしく」

と、小さな声でつぶやいた。

「何？　何がよろしくなの？」

隆二が背後から声をかけられて振り返ると、テーブル席に腰掛けた恵がコンパクトケースを覗き込んでリップを塗りなおしている姿が見えた。未来から来た恵のいた席には、いつの間にか白いワンピースの女が座っている。

「え？」

店内をぐるりと見回しても、さっきまで幼い赤ん坊を抱え、隆二の前で大泣きしていた恵はどこにもいない。いるのは、リップを唇に馴染《なじ》ませながら、あどけない表情で小首を傾げる恵だけ。優もいない。

隆二は、今、自分に起きた出来事を記憶に留《とど》めるためにゆっくりと目を閉じた。

（ああ……）

我が子を抱きしめた時の温《ぬく》もりがまだ残っている。隆二の目に再び涙がにじむ。

「ねぇ、本当にどうしたの？」

コンパクトケースを覗き込みながら、恵が背後で眉を顰《ひそ》める。

「ん？　あ、いや……」

隆二は大きく、ゆっくりと深呼吸をして、恵に気づかれないように涙を拭った。そして、過去に戻れる席に座っている白いワンピースの女を見つめたまま、

「一度でいいから、この人に呪われてみたいなぁって思ってさ」

と、つぶやいた。

「やめてよ。そういう興味本位でなんでも試しちゃうのが子供だっていつも言ってるでしょ？」

「いいじゃん？」

「ダメ」

恵はパチンと音を立ててコンパクトケースを閉じ、トートバッグにしまうと、

「はい、帰るわよ。もうこんな時間なんだから」

と、言って立ち上がった。

「あ、じゃ、オレもトイレ行ってくる」

隆二は、恵に顔を見られないように、足早にトイレへと向かった。

「え？　さっき行ったばっかりじゃん？」

「さっきは小さい方で、今度は……」

「説明しなくていいわよ！」

恵は笑いながら中央の柱時計を見た。

時刻は五時十八分。

いつの間にか、入り口近くの時計はその動きを止めて、中央の柱時計が再び時を刻んでいた。


恵が目を開けると、目の前に白いワンピースの女が立っていた。

恵は思わず、

「わっ！」

と、声をあげた。白いワンピースの女は恵の驚く姿になんの興味も示さず、

「どいて」

と、低く吐き捨てた。

「は、はい」

恵は娘を抱いたまま、慌てて席を離れた。空いた席に白いワンピースの女が音もなく体を滑り込ませる。

恵は店内の三台の柱時計を順に目で追った。まず、中央の時計は二十一時を少し回った時刻を指し示している。入り口近くの柱時計を見ると恵が過去に戻った時に見た五時十七分になっている。過去に戻る前もこの時刻であったかは覚えていない。恵は不思議な気持ちで、キッチンから現れた数を顧みた。

「あの」

恵が声をかけると数は視線を合わせることなく、

「なんでしょう?」

と、隆二が飲みほしたカップを下げ、白いワンピースの女に新しいコーヒーを出しながら答えた。

「私が体験したことは……夢ではないんですよね?」

恵は、頬に残る涙の跡を拭いながら問いかけた。

「信じられませんか?」

「いいえ、信じたいと思っています」

「では、たとえあなたが見たものが夢であっても、それはもうあなたの人生の一部なのではないでしょうか?」

数の冷静で、ブレのない言葉が恵の心に刺さる。

「確かに。そうですよね」

恵は数の言葉に納得し、大きくうなずいて、腕の中の我が子を見た。

「さあ『優』、今日からこれがあなたの名前よ」

店内にはカチコチと時を刻む音が微《かす》かに響き、入り口に近い柱時計の針は五時十八分を指し示していた。

時間は現在だけでなく過去も動いている。未来に向かって。

第二話　完

第三話

結婚を許してやれなかった父親の話

みんな大好きオムライス。

オムライスは一九二五年（大正十四年）に、大阪市難波《おおさかしなんば》の汐見橋《しおみばし》にあった大衆洋食店「パンヤの食堂」の店主である北橋茂男《きたはししげお》氏が、いつも白飯とオムレツを頼んでいた胃の弱い常連客を思いやり、

「くる日も、くる日も同じものではかわいそうだ」

と、ケチャップライスを薄焼き卵で包んだものを「オムライス」として提供したことが最初だと言われている。

作り方は簡単で、玉ねぎのみじん切り、薄切りベーコン、ミックスベジタブル、ご飯をバターで炒めて、塩、胡椒《こしょう》、ケチャップで味付けし、ケチャップライスを作る。そのケチャップライスに薄焼き卵を載せる。最近ではケチャップの他にデミグラスソースやホワイトソースをかけることもある。仕上げにパセリなど彩りを加えて完成。

ひと口食べると、濃厚な卵の風味とソースの味わい、バター香るケチャップライスがそれぞれの味を引き立てながら、口いっぱいに広がる。ふわっとした食感は子供に限らず大人にも人気で、東京には数多くのオムライス専門店が存在する。

六月上旬。

梅雨入りしたばかりのある日、喫茶店を一組の夫婦が訪れていた。

「なるほど」

夫の名前は望月文雄《もちづきふみお》。五十代後半で、髪には少し白髪《しらが》が混じりはじめている。喫茶店のルールを聞かされると、顔色ひとつ変えることなく、

「帰るぞ」

とだけ言って、席を立った。

カランコロン

「すみません」

申し訳なさそうに深々と頭を下げたのは妻の佳代子《かよこ》。望月に比べると随分と若く見える。二十四歳の娘がいると言われても、にわかには信じがたい。

カウンター席にはコーヒーカップが二つ。望月のカップは手もつけられておらず、コーヒーがたっぷり残っている。

「お時間をとらせてしまい、申し訳ありませんでした」

佳代子はカウンター席から立ち上がると、再び、深く頭を下げた。

「いえ」

時田流《ときたながれ》が答えて、会計をすませ、佳代子を見送った。佳代子のカップのコーヒーは、きれいに飲みほされている。

カランコロン

「あんなのに結婚反対されたら私でも駆け落ち選ぶわよ？」

テーブル席で一部始終を聞いていた清川二美子《きよかわふみこ》が、肩をすくめながらつぶやいた。

「二美子さん」

流が二美子の発言を諌《いさ》める。失礼ですよ、と。

「だって、あの頑固親父、この喫茶店に来て、『なるほど』と『帰るぞ』の二言しかしゃべってないのよ？　他は全部、奥さんに説明させてさ。何様？　私だったら耐えられない」

「まぁ、まぁ」

「奥さんの説明だと、娘さんの結婚に反対したことを後悔してる風だったけど、あれは過去に戻ったって、結局、反対するに決まってる」

「え？」

「あの顔見た？　あれは後悔してる顔じゃないわ。駆け落ちされたことに納得できてない顔よ。その証拠に、現実は変えられないって知って、とっとと帰っちゃったでしょ？」

二美子は眉間に大きなシワを寄せて、嫌悪感を露《あら》わにした。

「でも、反対するからには、それなりの理由があったんじゃないスかね？」

「どうせ、くだらない理由よ」

「と言うと？」

「連れて来た男の見た目が気に入らないとか、挨拶がなってないとか？」

「なるほど」

「自分たちの好き嫌いを反対の理由にされちゃ、たまったもんじゃないわよ」

「経験がおありで？」

「うちはまったく逆よ」

「逆？」

流が小首を傾《かし》げる。

「うちの親なんて反対どころか、誰でもいいから早く結婚しろってうるさいのよ。駆け落ちなんかしたら新聞に広告載せるかもね？　一面使って『おめでとう！』って」

「なぜ、新聞に？」

「だって、ほら、駆け落ちしたら連絡取れないでしょ」

「なるほど」

二美子が過去に戻ったのは三年前の初夏。この喫茶店で別れ話になり、アメリカに行ってしまった賀田多五郎《かただごろう》に会うためである。

過去に戻って、

「三年待ってほしい」

と、言われた二美子は、五郎が日本に戻ってくるのをずっと待ちつづけている。今年、三十一歳になる二美子だが、五郎と結婚するのはもう少し先の話となる。

「コーヒー、お代わりもらえる？」

「かしこまり」

二美子の差し出す空のコーヒーカップを受け取って、流はキッチンへと消えた。

店内には、二美子が一人残された。

正確には一番奥の席に白いワンピースを着た女が座っているのだが、彼女は客ではない。まして、人間でもない。過去に戻れる席に居座る幽霊である。彼女は昼夜問わず、寝ることもなく、ただ、じっと、その席に座って本を読んでいる。

過去に戻るためには、まず、彼女の座る席に座らなければならない。当然、その席に座るためには、彼女が席を離れるのを待つ必要がある。

だが、

「その席、譲ってもらえませんか？」

と、声をかけても彼女の耳には届かない。無理矢理どかそうとすると呪われる。だが、チャンスがないわけではない。彼女は一日に一回だけ、必ずトイレのために席を離れるので、その隙に座る。

「幽霊なのにトイレ？」

誰もが首を傾げるが、これも過去に戻るためのめんどくさいルールの一つであった。

「今日は何を読んでるのかしら？」

二美子が白いワンピースの女の読んでいる本を覗《のぞ》き込む。

その時だった。

「え？」

突然、白いワンピースの女の体がゆらゆらと揺らぎはじめた。二美子は自分の目がおかしくなったのかと目を擦《こす》ってみる。

「何？　何？」

瞬く間に、白いワンピースの女の体が真っ白な湯気に包まれた。二美子はその不思議な光景に驚きながらも、これから何が起ころうとしているのかを察していた。なぜなら、三年前、二美子自身が過去に戻る時に、自分の体が湯気になるという不思議な体験をしていたからだ。

二美子が声も出せずにアワアワしていると、その湯気の下から一人の女が現れた。

女の名前は川島洋子《かわしまようこ》。二十八歳。だが、若いわりにその表情は疲れ切っていて、実年齢より老けて見える。身なりも決してきれいだとは言えない。着ているセーターの袖口はほころびていて、無造作に束ねられた髪にも艶がない。

「な、流さん！　大変！　女の人が来た！　未来から女の人が来ちゃったんだけど！」

二美子はキッチンの流に向かって大声で呼びかけた。だが、流からの反応はなく、ただ、ゴリゴリとコーヒー豆を挽《ひ》く音がしただけで、しばらくしてやっと、

「あー、ちょっと待ってくださいね。今、挽きたてのコーヒー用意してますので」

と、のんきな返事が戻ってきた。

「え？　いや、でも」

未来から来た人に初めて遭遇する二美子と、日常茶飯事である流の対応には差がある。

「これ、どうしたらいいの？」

二美子は流のいるキッチンと、そこに現れた洋子を交互に見ながら後ずさった。

「あの」

洋子が二美子に話しかけた。

「は、はい」

「ここのお店の方ですか？」

「いえ、ち、違います」

洋子の声にも戸惑いが感じられたが、うわずった声で、二美子のほうが遥《はる》かに動揺しているのがわかる。

「では、あなたの他に誰かいらっしゃいますか？」

「あ、えっと、今、店長がキッチンでコーヒーを淹《い》れてて、数《かず》さんは奥でミキちゃんの寝かしつけをしているわ。数さんはわかる？」

「誰ですか？」

「たぶん、そのコーヒーを淹れてくれた」

二美子は洋子の目の前のコーヒーカップを指差した。

「ああ」

「それが数さん。それから……」

周囲を見回すが、狭い店内に洋子と二美子の二人きりなのは一目瞭然である。

「あー、えっと、私は清川二美子。この喫茶店の常連客で、仕事はシステムエンジニア。あ、私も前に過去に戻ったことがあるの。だから、あなたの戸惑いもよくわかる。よろしく」

「あ、はい」

突然の二美子の自己紹介に、洋子も戸惑いを隠しきれない。

「ご、ごめんなさい。勝手にしゃべっちゃって」

「いえ」

「どうやら、流さんや数さんに会いに来たわけではなさそうね。もちろん、私でもないだろうし。もしかして、この後、誰か来るのかしら？」

二美子は喫茶店の入り口に注目した。だが、しばらく眺めていても、カウベルが鳴る気配はない。洋子も二美子以外に誰もいないことを知ると、残念そうに大きなため息をついた。疲れた顔がさらに老けて見える。

あれだけのめんどくさいルールを聞かされながら過去に戻ってくるのだから、それなりの理由があってもおかしくない。それなのに、会いたかった相手はいない。初対面の二美子にも、洋子の落胆は容易に想像がついた。

「ねぇ、あなたは一体誰に会いに来たの？」

聞いたところでなんの慰めにもならないことはわかっていたが、肩を落とす洋子を見て、二美子は話しかけずにはいられなかった。

「……実は、父に」

洋子は二美子の質問にそれだけ答えて、再び、小さくため息をついた。

「お待たせしました」

不意にキッチンでコーヒーを淹れていた流が戻って来た。手に持っているカップからは一筋の湯気が立ち上っている。

「もしかして、二美子さんのお知り合いスか？」

「違うわよ！」

「え？　何、怒ってるんスか？」

「怒ってない！」

「いや、でも……」

流が恐る恐る二美子の顔を覗き込む。

（未来から人が来てるってのに、なに、のんきにコーヒーなんか淹れてんのよ！）

二美子は喉まで出かかった言葉をぐっと呑《の》み込み、

「お客さんよ」

と、現れた洋子を見た。洋子は暗く沈み込み、二美子もいたたまれない気持ちを隠しきれずに下唇を噛《か》んでいる。

「あ、ああ」

流は二美子と洋子の表情、そして店内に他に誰もいないことを確認すると、

「残念ではありますが、そういうこともあります」

と、静かに告げた。二美子は、これまでも、過去に来ても会いたい人に会えなかった客がいたことを察した。

「なぜ、こんなことになるの？」

二美子は洋子の気持ちを代弁するかのように流に詰め寄った。

「それは……」

「何？」

「ご本人の、気持ちの問題になるんですが」

「彼女の？」

「はい」

「どういうこと？」

「本当は会いたくないと心のどこかで思っていると、戻りたい過去ではない時間に来てしまう

ことがあるようです」

「え？」

二美子の視線が洋子の顔に注がれる。洋子は二美子と目が合うと、戸惑うように目を伏せた。流の言っていることに、少なからず心当たりがあるのかもしれない。

「正確な時間を知ってたとしても？」

二美子は、まだ納得できずに食い下がる。

「はい。理由はわかりませんが、会いたいとか、会いたくないという気持ちが優先されるみたいです。これまでも何人か、そういう方がいらっしゃいました。聞いてみると、やはり心のどこかで本当は会いたくないと思っていたと……」

「でも」

二美子はそれでも何かを言いかけた。このまま引き下がったら、彼女がかわいそうだ、と。

だが、

（これもルールの一つに違いない）

と、諦めている自分もいて、二美子は申し訳ない気持ちになった。それでも、このまま洋子を未来に帰すにはあまりに忍びない。

そんな二美子の気持ちを察してか、流が、

「すみません。もしかしたら、未来の俺がちゃんと説明できていなかったのかもしれません」

と、洋子に頭を下げた。

「いえ、確かに、私は父に会いたくなかったのかもしれません」

洋子は小さくつぶやき、顔を上げた。

「私は四年後の未来から来ました。父の葬儀の夜、母から教えてもらったんです。父がこの喫茶店を訪れていたと……」

「葬儀の夜？」

「くも膜下出血《まくかしゅっけつ》で倒れて、そのまま……」

「でも、なぜ？」

お父さんに会いたくなかったのか、と二美子は首を傾げた。

「私は、父に結婚を反対されて家を飛び出して、父が亡くなったと知らされるまで一度も実家には戻らなかったんです」

「え？」

二美子と流が顔を見合わせる。

「当時、なぜ、結婚に反対するのか、その理由がまったくわかりませんでした。何度父を説得しても、わかってもらえなかったんです。だから、駆け落ち同然で……」

「あ！」

二美子が突然、素っ頓狂《すっとんきょう》な声をあげる。

「そのお父さんって、まさか」

二美子は目を丸くして流と顔を見合わせた。流も二美子と同じ顔をしている。

「あなたのお父さんって、口数少なくて、昔気質《むかしかたぎ》の、女は男の二歩後ろを歩けとか言いそうな人？　えっと、確か名前は、望月？」

二美子の質問に洋子の顔色が変わる。

「なぜ、それを？」

「さっきまでいたのよ！」

「え？」

「あなたが現れる直前まで！　十分も前じゃないわ、三、四分前よ！　今すぐ追いかければまだ間に合うかも！」

二美子はそう言って、喫茶店の出口に向かって駆け出していた。だが、その言動と行動が仇《あだ》となる。

「私も……」

「あ！」

声をあげたのは流である。

「え？」

洋子は咄嗟《とっさ》に、自分も追いかけるべきだと思ったのか、二美子の行動につられて椅子から立ち上がってしまった。瞬間、洋子の体は再び真っ白な湯気となり、天井に吸い込まれていった。あっという間の出来事だった。

「嘘《うそ》でしょ？」

呆然《ぼうぜん》と立ち尽くす二美子と「しまった」とつぶやき、顔をゆがめる流。

この喫茶店には、過去に戻っても席から離れてはいけないというルールがある。席から離れた客は、即、現実に引き戻されるのだ。

消えた湯気の下からは何事もなかったかのように本に読み耽《ふけ》る白いワンピースの女が現れた。

「え？　これってもしかして、私のせい？」

「仕方ないっス」

「どうしよ？」

「こうなってしまったら、どうすることもできません」

二美子はヨロヨロと近くのテーブル席に腰を下ろし、突っ伏した。流はコーヒーカップをじっと見つめることしかできなかった。

（なぜ、私は結婚に反対してしまったのだろうか？）

望月は、過去に戻れる喫茶店から駅に向かう道中に考えていた。六月上旬で夏にはまだ早いというのに、この日は少し蒸していて、望月の額には大量の汗が噴き出している。


「お願い」

「ダメだ」

「どうして？」

「早すぎる」

「知り合って二か月の何が悪いの？」

「許せるわけないだろう」

「だから、なんで？」

「たった二か月であんな男の何がわかると言うんだ？」

「あんな男って何？」

「あんな男だろ？　まともな挨拶もなく、いきなり娘さんを僕にくださいって言ったんだぞ？　無礼にも程がある」

「それは」

「とにかく、結婚は許さない。帰ってもらえ」

「なんで？　なんでよ？　喜んでくれると思ったのに」


あれから三年。望月は、結婚を反対した日のことを忘れたことはなかった。駆け落ちした男と結婚しているのであれば、娘の姓は川島に変わっているだろう。

望月はあの日まで、洋子の反抗する姿を見たことがなかった。大粒の涙を見て、いつまでも子供だと思っていた娘の中に、あんなに激しい感情があったことにも驚いた。小学生の時は担任の先生たちから口を揃えて、

「自主性がなく、まわりに流される傾向がある」

と、指摘されていたからだ。

高校生になって、友達の誘いを断れなかったと言って柔道部に入った。中学生の時は吹奏楽部にいた文化系の娘が、突然柔道を始めても、続くわけがない。一か月もしないうちに退部に追い込まれた。

成しとげる力

永守重信 著

最高の自分をつかめ！悔いなき人生を歩め！
たった4人で立ち上げた会社を世界に名だたる"兆円企業"に成長させた「経営のカリスマ」日本電産の創業者がいま、すべてを語り尽くす。23年ぶりに書き下ろした自著、ついに刊行！

定価＝1980円（10%税込）978-4-7631-3931-3

生き方

稲盛和夫 著

大きな夢をかなえ、たしかな人生を歩むために一番大切なのは、人間として正しい生き方をすること。二つの世界的大企業・京セラとKDDIを創業した当代随一の経営者がすべての人に贈る、渾身の人生哲学！

定価＝1870円（10%税込）978-4-7631-9543-2

スタンフォード式　最高の睡眠

西野精治 著

睡眠研究の世界最高峰、「スタンフォード大学」教授が伝授。
疲れがウソのようにとれるすごい眠り方！

定価＝1650円（10%税込）978-4-7631-3601-5

子ストアほかで購読できます。

ビジネス小説　もしも徳川家康が総理大臣になったら

眞邊明人　著

コロナ禍の日本を救うべく、「全員英雄内閣」ついに爆誕！　乱世を終わらせた男は、現代日本の病理にどう挑むのか？　時代とジャンルの垣根を超えた歴史・教養エンタメ小説！

定価＝1650円（10%税込）978-4-7631-3880-4

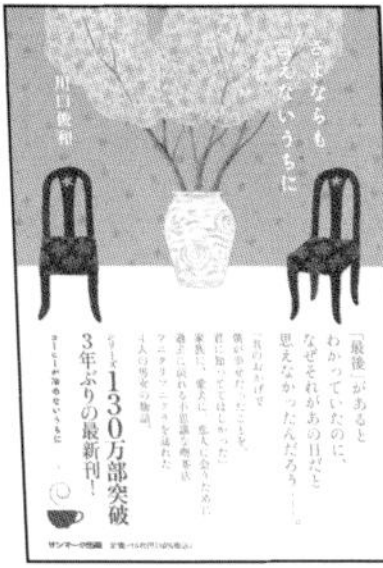

さよならも言えないうちに

川口俊和 著

「最後」があるとわかっていたのに、なぜそれがあの日だと思えなかったんだろう—。
家族に、愛犬に、恋人に会うために過去に戻れる不思議な喫茶店フニクリフニクラを訪れた4人の男女の物語。シリーズ130万部突破。3年ぶりの最新刊！

定価＝1540円（10%税込）978-4-7631-3937-5

血流がすべて解決する

堀江昭佳 著

出雲大社の表参道で90年続く漢方薬局の予約のとれない薬剤師が教える、血流を改善して病気を遠ざける画期的な健康法！

定価＝1430円（10%税込）978-4-7631-3536-0

電子版はサンマーク出版直営

短大に進学すると、さすがに運動部に入ることはなかったが、同じく、友達に誘われたと言って天文学部に入った。柔道部の時のように体力的に厳しいという明らかな理由がなかったため、娘は二年間天文学部にいつづけた。

卒業後、妻の佳代子から、あの子は本当は吹奏楽を続けたかったのではないかと聞いた。

そんな娘の洋子が、就職して二か月で見知らぬ男を連れて来た。職場の取引先で知り合ったらしい。自分の娘でありながら、学習能力のなさに呆《あき》れたものだ。また、断れないでいる。同じ失敗をくり返させるわけにはいかない。きっと後悔することになる。望月にはその確信があった。


だが今となっては、望月は反対したことを後悔していた。結果として、洋子は駆け落ちしてしまい、連絡すら取れなくなっている。何か困ったことが起きても、助けてやることはおろか、それを知ることもできない。

(間違っていたのは私だったのか?)

日に日にその思いは強くなった。望月は、あんな男と結婚すれば洋子は不幸になると決めつけていた。だが、未来のことは誰にもわからない。もし、反対さえしていなければ、今頃、かわいい孫でも連れて遊びに来ていたかもしれない。そんな未来のささやかな幸せを自ら手放してしまったのではないかという思いが、望月の頭から離れなかった。

そんな時だった。

過去に戻れる喫茶店があるという噂《うわさ》を聞いた。なんでも、望んだ通りの時間に戻れて、会いたい相手に会うことができるという。

（バカバカしい）

最初はそう思っていた。非現実的すぎる、と。だが、日を追うごとに気になっていった。

（もし、本当に過去に戻れるなら？　もし、もう一度、娘に会うことができるのなら？　やり直せるなら？）

いつしか、望月は、

（もう一度、あの日をやり直せるなら、今度は反対せずに祝福してやりたい）

と、思うようになっていた。


（過去に戻れるなんて本気で思っているのかしら？）

薄暗い不気味な地下牢《ちかろう》のような喫茶店からの帰り道、望月佳代子は先を歩く夫の背中を追いかけながら思った。

望月には内緒にしているが、佳代子は、娘の洋子と連絡を取り合っていた。駆け落ちした後、すぐに連絡があり、新しい携帯電話の番号と引っ越し先の住所を知らされた。

ただ、

「お父さんには絶対に知らせないで」

と、釘《くぎ》を刺された。

洋子からは、夫の哲也《てつや》と仲睦《なかむつ》まじく幸せに暮らしていると連絡を受けている。望月には申し訳ないが、内緒で孫にも会ったことがある。だが、哲也には結婚の承諾をもらいに来た日以来会ったことはない。仕事が忙しいということでいつもタイミングが合わなかった。


佳代子は、洋子が子供の頃から責任感が強いのをよく知っている。

高校生の時、洋子が一か月だけ柔道部に所属したことがあった。聞けば、柔道未経験の友達が入部を迷っていて、洋子は二人で体験入部してみようと提案したのだという。期限は一か月。その後、洋子は吹奏楽部に入り直し、友達は柔道部に残った。

「辞めたのか？　だから言っただろ？　お前に柔道なんて無理だと」

「最初から一か月って決めてたの」

「そんな言い訳、社会人になったら通用せんぞ」

「お父さんて私のこと全然信じてくれないんだね？」

「今、そんな話はしてないだろ？　お前が柔道部に入ると言った時に、私は反対したのに」

「もういい」

「話はちゃんと最後まで聞けといつも言ってるだろ！」

佳代子は、望月と洋子がすれ違っているのをずっと見てきた。短大で天文学部に入った時もそうだった。

「どうせ、今回も途中で辞めてしまうんだろ？」

「なんで、そうやって決めつけるの？」

「決めつけてなんかいない。わかるんだ。お前のことはよく知っている」

「何もわかってないじゃん？」

「わかっているさ。お前は絶対途中で投げ出すに決まっている」

「わかったわよ。やればいいんでしょ？　やれば？」

「できるわけがない」

所属するからにはやるべきことはやる。名前だけの部員にはなりたくないと、洋子は最後まで天文学部で活動しつづけた。

佳代子は、洋子は本心では吹奏楽を続けたかったのではないかと思っていた。だが、洋子はそのことについて一度も文句を言ったことはない。自慢の娘だった。

洋子が駆け落ちすると言い出した時も、止めはしなかった。洋子は自分の考えと行動には責任を持つと信じていたからだ。

（親子と言っても、娘と夫は馬が合わない。娘も大人になり、家庭を持つのだから、夫の人生に付き合うことはない）

佳代子はそう思っていた。

（あの子は今でもしっかりやっている。東京を離れ、静岡《しずおか》の地で哲也さんと子供と一緒に幸せに暮らしているのだから、邪魔する必要はない。このままでいい）

だから、夫である望月にも、洋子の新しい生活について伝えようと思ったことは一度もなかった。

そんなある日、望月が突然、過去に戻れる喫茶店に行くと言い出した。話を聞いて、佳代子は、望月があの日に戻って娘の結婚にもう一度反対するのではないかと恐れた。

（もし、そんなことをしたら大変だ。せっかくの娘の幸せが台無しになる）

望月は意地になっていると佳代子は思っていた。きっと過去に戻れば、洋子が根負けするまで帰っては来ないだろう、と。

　喫茶店までついて来たが、佳代子の心配は杞憂《きゆう》に終わった。過去に戻るためにはいくつかのルールがあった。そして、そのルールはすべて、娘の洋子に有利に働いていた。望月がどんな説得をしても現実は変えられないし、制限時間があるので、望月が過去に戻っても長居はできない。何より、この喫茶店に来たことのない人物には会うことはできない。それを聞いた佳代子は、

（あの子がこの喫茶店に来たかどうかなんてわからない。たとえ過去に戻れたとしても、会えない可能性の方が高い。夫だってそう思ったはずだ）

とホッと胸をなで下ろした。そして店を後にして、駅に向かっていた。

　その時だった。

「望月さん！」

　背後から二人を呼び止める声がした。足を止めて、振り返ってみると、息を切らした女がいる。清川二美子である。相当急いで追いかけて来たのだろう、二美子は首に額に大粒の汗をかいていた。

「えっと、確か……」

　佳代子は小さく声を漏らした。見覚えがある。

（さっき、喫茶店にいたような……。暗くてハッキリ見たわけじゃないけど、私たちのことを名前で呼ぶのだから、多分、間違いない）

「どうかしましたか？」

振り向いたきり黙ったままの望月に代わって、佳代子が返事をした。

二美子は肩で息をしながら、望月に向かって、

「よかった！　間に合った！　喫茶店に戻ってください。今、娘さんが、娘さんが未来からあなたに会いに来たんです！」

と、一気にまくし立てた。

「娘が？」

望月がつぶやく。佳代子は二美子の言葉に違和感を覚えた。

二美子は「あなたたち」ではなく望月を見て「あなた」と言った。佳代子はその言葉が正しい表現であるかどうかを確かめるために尋ねた。

「主人に、ですか？」

「はい」

二美子は背筋を伸ばして、なんの迷いもなく答えた。

駅はすぐ目の前だった。しかし、望月はすぐに踵《きびす》を返して、二美子の後ろについて歩きはじ

めた。佳代子はしかたなく、二人の後を数メートル離れてついていった。

（彼女の言葉が本当なら、娘は、なぜ、夫に会いに来たのだろうか？　私ではなく、夫に？）

佳代子の表情が曇る。

さっきまで晴れていた空も、いつの間にか雨雲に覆われていた。


「いかがでしたか？」

時田数が、過去から戻ってきた洋子に声をかけた。

洋子は数の質問にはすぐには答えず、店内を見回している。この喫茶店は地下にあるために窓がない。陽《ひ》の光が入らないので、時刻を知るには時計に頼るしかない。ただし、店内に設置された三台の柱時計は、三つともバラバラの時刻を指し示している。この喫茶店に初めて来た洋子には、どの時計が正しい時間を指しているのかがまったくわからなかった。

「私は、過去から帰ってきたんですね？」

「はい」

数は端的に答えた。

郵便はがき

料金受取人払郵便

新宿北局承認

9083

差出有効期間
2024年5月
31日まで
切手を貼らずに
お出しください。

169-8790

154

東京都新宿区
高田馬場2-16-11
高田馬場216ビル5F

サンマーク出版愛読者係行

ご住所	〒 都道府県	
フリガナ		☎
お名前		( )
電子メールアドレス		

ご記入されたご住所、お名前、メールアドレスなどは企画の参考、企画用アンケートの依頼、および商品情報の案内の目的にのみ使用するもので、他の目的では使用いたしません。

尚、下記をご希望の方には無料で郵送いたしますので、□欄に✓印を記入し投函して下さい。

□サンマーク出版発行図書目録

1 お買い求めいただいた本の名。

2 本書をお読みになった感想。

3 お買い求めになった書店名。

市・区・郡　　　　　　　　町・村　　　　　　　　書店

4 本書をお買い求めになった動機は?

・書店で見て　　　　・人にすすめられて
・新聞広告を見て（朝日・読売・毎日・日経・その他＝　　　　）
・雑誌広告を見て（掲載誌＝　　　　）
・その他（　　　　）

ご購読ありがとうございます。今後の出版物の参考とさせていただきますので、上記のアンケートにお答えください。**抽選で毎月10名の方に図書カード（1000円分）をお送りします。**なお、ご記入いただいた個人情報以外のデータは編集資料の他、広告に使用させていただく場合がございます。

5 下記、ご記入お願いします。

ご職業	1 会社員（業種　　　）2 自営業（業種　　　） 3 公務員（職種　　　）4 学生（中・高・高専・大・専門・院） 5 主婦　　6 その他（　　　）		
性別	男・女	年齢	歳

ホームページ　http://www.sunmark.co.jp　　ご協力ありがとうございました。

（そっか……）

洋子は確かに、父である望月が喫茶店を訪れていた日に戻ることができた。でも、会えなかった。コック服を着た時田流の話だと、それは洋子が父に会いたくなかったからだという。言われてみれば、そうかもしれないと洋子には心当たりがあった。

（私は父に会いたいと口にしながら、内心では怖かった）

おそらく、会えば、

「ほら見ろ。私の言った通りだろ。あの男と結婚したせいでお前は不幸になった。お前は間違っていた。私の言う通りにしないからだ」

そう言われるに違いないと思っていたからだ。

洋子は川島哲也と駆け落ちして、東京を離れた後、静岡市清水区《しみずく》にアパートを借りて生活を始めた。誰にも頼ることなく、二人で生きていこうと誓い合った。

最初はうまくいっていた。哲也も新しい仕事に就き、洋子もコンビニでパートタイムで働きはじめた。しばらくして、妊娠していることがわかった。洋子は喜んだが、哲也は喜ばなかった。哲也は子供が嫌いだったのだ。

その日からみるみる哲也の態度が悪くなった。悪態をついて、暴力をふるうようになった。

時にはお腹《なか》を蹴ることさえも。洋子は怖くなった。何度も母の佳代子に相談しようと考えた。だが、母には心配をかけたくないと我慢しつづけた。

（子供の頃から常に私の味方でいてくれたお母さん。そんなお母さんを悲しませることだけはしたくない。駆け落ちは私が決めたことだ。私が最後まで責任を取らなければいけない）

洋子は哲也と別れる決意をした。哲也と別れて一人でお腹の子を育てていこうと。別れ話を切り出した時、待ってましたとばかりに哲也は離婚届にハンコを押した。

すぐに、哲也の新しい彼女がアパートにやって来た。哲也は妊娠中の妻がいながら浮気をする、最低の男だった。その時になって、父は哲也のだらしなさを見抜いていたのだと、洋子は思い知らされた。

（私は何も見えていなかった。きっと、お父さんには呆れられるだろう。こんなこと知られたら、お母さんを泣かせてしまうに違いない）

運良く、身重の洋子を住み込みで働かせてくれる職場が見つかった。老夫婦が営む新聞専売所の従業員の食事を作る仕事だった。薄給ではあったが、何より、住む場所と食事だけは確保できた。出産にも協力的で、休みの間も店主である老夫婦が色々と面倒を見てくれた。

時々連絡してくる佳代子にも離婚のことは知らせず、幸せにやっていると嘘をついた。孫に会いたいと言うので、何度か会わせたこともある。佳代子は一ミリも疑わなかった。

子供が大きくなれば、いずれ嘘はバレる。だが、本当のことを話すのは、十分な給料をもらえる仕事に就き、アパートを借りて、息子と二人でもちゃんと生きていけることを証明してからにしようと決めていた。

その為に必死に働いた。薄給とはいえ、子供連れで働かせてもらえる新聞専売所は、洋子にとっては天国だった。店主の老夫婦は洋子が空き時間にレジ打ちのパートをする間、子供の面倒も見てくれる優しい人たちだった。

洋子はコツコツとお金を貯《た》めてアパートを借りる準備を進めていた。だが、また同じ過ちをくり返すことになる。

洋子の息子が六歳になった頃、パート先のスーパーに客としてよく顔を見せていた男性といい関係になった。男は洋子より五歳年上で、不動産のコンサルティングの仕事をしていると言った。

洋子には仕事の内容はまったくわからなかったが、会社勤めではなく、パソコン一台あれば自宅でできる仕事だと聞いていた。

そんな男がある日、都内にマンションを買って息子と三人で一緒に住もうと言ってきた。プロポーズだった。洋子は考えた。

（出会ってまだ半年も経《た》っていないけど、今度こそ優しい人だ。充《みつる》もよくなついている。それに、都内のマンションに住むとなれば、母にも、そして父にも、胸を張って再婚を報告できる）

男が差し出す指輪を前にした洋子に、断る理由は何もなかった。購入するマンションの内見にも立ち会い、後の手続きは男に任せることとなった。洋子は貯めてきたお金を頭金として男に託し、購入完了の連絡を待っていた。

だが、いつまで待っても連絡はなかった。男の携帯電話は不通。マンションの仲介業者に連絡を取っても、購入の記録はなかった。

詐欺だった。騙《だま》されたのだ。

（なんで？）

洋子の目の前は真っ暗になった。

（なぜ、私だけが二度もひどい目にあわなければならないの？）

新聞専売所とスーパーのパートは結婚を理由に辞めていたし、お世話になった老夫婦にも別れの挨拶はすんでいた。後は購入したマンションに引っ越すだけだと思っていた洋子には、子供以外、何も残っていなかった。

絶望に打ちのめされ、行く当てもない。洋子に残された選択肢は、父親に頭を下げ、母に本当のことを話して実家に戻ることを許してもらうことしかなかった。

（息子のためだ。仕方がない）

洋子はそう自分に言い聞かせた。意を決して携帯電話の通話ボタンを押そうとしたその瞬間、着信音が鳴り響いた。母、佳代子からだった。見られていたのかと疑うほどのタイミングに、洋子の心臓はバクバクした。

「もしもし？」

「洋子、落ち着いて聞いてくれる？」

「何？」

「……あのね」

「どうしたの？　泣いてるの？」

「お父さんが……だの」

「え？　聞こえない、お父さんが何？」

「お父さんが死んだのよ」

「え？」

死因はくも膜下出血だった。望月は突然倒れて意識を失い、そのまま息を引き取ったということだった。

洋子の脳裏に望月と最後に交わした会話が蘇《よみがえ》る。

「お前に結婚の何がわかると言うんだ？　もっとちゃんと考えろ。あの男はダメだ」

「お父さんにあの人の何がわかると言うの？」

「お前にあの男の何がわかるんだ？　苦労するのはお前だぞ」

「は？　なんで決めつけるの？」

「お前に結婚はまだ早い」

「子供扱いしないで！　許してくれないなら、私、この家を出ていくから」

「勝手にしろ」

「言われなくても勝手にします」

「俺は知らないからな。泣いて帰って来ても、二度とうちの敷居は跨《また》がせないぞ」

「わかったわよ！」

あの時、洋子は意地を張っていた。勝手に家を飛び出して、二度もひどい目にあった。そして、どうにも立ち行かなくなって助けを求めるつもりが、望月を怒らせたまま逝《い》かせてしまった。

（父は私のことをどう思っていたのだろうか？）

佳代子の話だと、洋子の話をすると望月は急に口数が減り、機嫌が悪くなったという。

（口にも出したくないほど、怒っていたのだろう。仕方がない。私はそれだけのことをしたのだから……）


葬儀の夜、洋子は佳代子にすべてを話した。佳代子は泣きながら、どうしてもっと早く相談してくれなかったのかと洋子を責めた。心配をかけたくなかったと言うと、また泣かれた。佳代子は行く当てのない洋子に家に戻ってくるように言った。

「一緒に暮らそう」と。

それ以外に選択肢はなかった。しかし、佳代子の提案を素直に受け入れることはできなかった。

「うん、でも」

「何？」

「お父さんがなんて思うか……」

「お父さんだって、あんたがそんなにつらい目にあっていたって知ったら、帰ってこいって言ったに決まってるわよ」

「でも」

洋子の耳には、

「泣いて帰って来ても、二度とうちの敷居は跨がせないぞ」

という望月の最後の言葉がこびりついている。

(自分勝手すぎる。私に実家に戻る資格はない。これは、父を怒らせてまで勝手に家を飛び出した報いなのだ。父が亡くなったから「戻ります」は都合が良すぎる。父の思いを踏みにじった私が、父のいた家で暮らすことはできない)

洋子は母の申し出を断った。

すると、佳代子がおかしなことを言い出した。

「じゃ、過去に戻ってお父さんに聞いてみればいいんじゃない？」

と。


でも、会えなかった。

「私は途中で席を立ってしまったんです」

「そうでしたか」

時田数は、洋子の説明を聞いても表情ひとつ変えなかった。ただ、洋子の目の前に置かれた少しも減っていないコーヒーカップを手に取って、

「温かいコーヒーを淹れ直しますね」

とささやくと、キッチンに姿を消した。

しばらくして、トイレから白いワンピースの女が戻ってきた。洋子はその女に席を譲り、隣のテーブル席に腰を下ろした。

「ママ」

洋子が過去に戻っている間、待たせていた息子が奥の部屋から現れ、駆け寄ってきた。この喫茶店には、奥に居住スペースがある。

「充、いい子にしてた?」

洋子は息子に声をかけた。充は何も言わずに、手に持っていたサンタの格好をした骸骨の人形を差し出した。

「どうしたの?」

「もらった」

「誰に?」

充は質問に答えず、無言で振り返った。充の視線の先には、四十代半ばくらいの女性が立っていた。女の名は木嶋京子《きじまきょうこ》。この喫茶店の常連客で、小学四年生になる息子がいる。だが、充に人形をくれたのは京子ではなく、彼女の脇に立つ、くりくりした瞳の少女だった。その少女の名前は時田《ときた》ミキ。流の娘で、今年六歳になる。

「お礼は言った？」

洋子が聞くと充は無表情で小さくうなずいた。

「会えなかったの？」

京子が話しかけてきた。今日、たまたま店に来ていた京子は、数と洋子の話を聞いて事情を知ると、洋子が過去に戻っている間、充の面倒をみると声をかけてきた。

実は京子の弟も、つい最近、癌《がん》で亡くなった母親に会うために過去に戻っている。京子にしてみれば、亡くなった父親に会いに行くという洋子のことが他人事《ひとごと》とは思えなかったのだ。

「父がいた時間には戻れなくて……」

「そう。それは残念ね」

京子は小さなため息をついて、自分のことのように残念そうな顔をした。洋子は人形を大事そうに抱える充の頭をなでながら、

「いえ。でも、これでよかったのかもしれません」

と、応えた。

「どういうこと？」

京子は小首を傾げた。

「どのみち、お金と住むところを失った私は実家に戻るしかなくて、父に許してもらおうなんていうのは、私の自己満足でしかありませんでしたから……」

「いや、でも」

「いいんです。残念ですけど」

洋子はそう答えながら、ほんの少し後ろめたさも感じていた。

（私はホッとしている。父に会えなくてよかったと。こんなこと、口に出して言えない。でも、内心はそう思っている。ひどい娘だ）

さらに、洋子の心の声が響く。

（私はどうして駆け落ちなんかしてしまったんだろ？）

（どうして、最初の失敗の時に正直に言わなかったんだろ？）

考えれば、考えるほど、答えの見つからない暗闇へと心が沈む。塞ぎ込む洋子を見て、京子もかける言葉を失い、いつしか、ミキも京子の腕に抱かれて眠り込んでしまっていた。時計を確認すると、時刻は夜の八時を少し回っている。

（もう、この喫茶店にいても仕方ない。帰ろう）

洋子が充の手を取り、立ちあがろうとした時だった。

「お待たせしました」

突然、時田数がキッチンから戻って来た。

「あの、私、もう」

「どうぞ、コーヒーでも飲んでお待ちください」

数はそう言って、洋子にはコーヒー、充にはホットミルクを出して再びキッチンへと消えた。

取り付く島もない。

カウンター席に腰を下ろした京子はほほえみながら、小さくうなずいていた。

（せっかく出してもらったんだから、飲んでいけば？）

と、言っている。洋子はため息をついて座り直した。充はすでに向かいの席に座ってミルクを啜《すす》りはじめている。

（私は親不孝な娘だ。本来なら息子が生まれた時に連絡するべきだったのかもしれない。それなのに意地になって連絡しなかった。母にも父には知らせないように念を押した。そのせいで、父は孫の顔すら見ることなく逝ってしまった）

洋子は出されたコーヒーに手をつける気にもなれなかった。ため息ばかりが漏れる。真っ黒なコーヒーのように洋子の心は黒く、深く沈み込んだ。

（悔やんでも悔やみきれない。もう二度と父に会うことはできない。私は私の意志でチャンス

を失った。せっかく、父がこの喫茶店を訪れていた日に戻れたというのに)

過去に戻るためのルールの一つに、この喫茶店を訪れたことのない者には会えないというものがある。母からは、

「お父さんは、あなたの結婚を止めるために、過去に戻ろうとしたんだと思う。でも、この喫茶店を訪れたことのない者には会うことはできないというルールを聞いて、諦めて帰ろうとしたのよ。だから、その瞬間に向かって会いに行けば、会えるはずよ」

と聞いていた。

「え?」

(ちょっと待って。帰ろうとした? 帰ったではなく?)

洋子は佳代子とのやりとりを思い出しながら、何か引っかかるものを感じた。何か、重要なことを見落としている。

それだけではない。

「コーヒーでも飲んでお待ちください」

(お待ちください? 誰を?)

さっきはただの言い間違いかと思って聞き流していたが、佳代子の言ったことと合わせると、嫌に引っかかる。洋子はざわざわする心を落ち着かせるためにコーヒーに手を伸ばした。

その時だった。

前方の壁が白く霞《かす》んで見えた。いや、正確には隣のテーブル席に座る白いワンピースを着た女が白い靄《もや》に変化した。それはまるで忍者が「どろん」と煙で隠れるのに似ている。洋子は同じ状況を経験したことがあった。

（間違いない。私が過去に戻る時だ）

数にコーヒーを注いでもらった直後、カップから立ち上る湯気に導かれるように洋子の体は湯気となった。

（その時と同じだ）

洋子は直感的にこの靄の下から誰かが現れるのだと思った。

「帰ろうとした」

「コーヒーでも飲んでお待ちください」

鼓動が速くなる。洋子は充を引き寄せ、抱き上げる。

「あ……」

白いワンピースの女を包んでいた白い靄が天井に吸い込まれ、想像していたとおりの人物が姿を現した。

「お、お父さん……？」

「洋子」

しわがれた低い声で名前を呼ばれて、洋子の体が硬直する。靄の下から現れたのは洋子の父だった。


佳代子は望月と一緒に、薄暗い地下牢のような喫茶店に戻ってきた。

「私を連れ戻したということは、つまり、娘に会いにいけるということですか？」

「その通りです！」

二美子が目を輝かせて即答する。

（何を言っているの？）

佳代子が顔をゆがめる。

「どういうことですか？　娘は未来から来たと言ってましたよね？　ここは過去に戻れる喫茶店だと聞いてます。なら、会いにはいけませんよね、未来なんて」

「いえ、未来にも行くことはできます」

流が答える。

「え？」

佳代子は、

（そもそも過去に戻れることだって疑わしいのに）

という言葉をぐっと呑み込む。

「本来、ここは過去に戻れる喫茶店ではなく、望んだ時間に移動のできる喫茶店なんです」

「望んだ時間に？」

「はい。なので、未来にも行けます。ただ、未来に行かれるお客様はほとんどいらっしゃいません」

「なぜですか？」

「たとえば、未来で会いたい人がいるとして、その会いたい人がいつ、どの時間にこの喫茶店に来ているかわかりますか？」

「そんなのわかるわけ、あ……」

「そうです。過去に戻るのであれば、会いたい人がこの喫茶店に来ていた時間さえわかれば、その時間を狙って戻ることはできます。でも」

「未来はわからない？」

「はい」

「でも、未来から娘が来たということは」

「娘さんが、この店にいた時間を狙って未来に行けば、会うことができるということです」

「でも、本当に、さっき娘がここに来ていたというのであれば、わざわざ未来に行かなくても、今から数分前に戻ればいいのではありませんか？」

「あ、そうか」

思わぬ盲点だったと、二美子はポンと手を打って流を見た。

「それは無理です」

「どうして？」

食い下がったのは二美子である。質問した佳代子は冷めた表情で流と二美子のやりとりを傍観している。

「席は一つしかありませんので」

「……あ、そっか」

二美子の興奮が一気に冷める。

「どういうことですか？」

佳代子が首をひねる。

「望月さんの戻るはずの過去の席には、未来から来た娘さんが座っているからです」

「だから、それが、……あ」

事情が呑み込めたのか、佳代子はそれ以上の反論を途中でやめた。

「そういうことです。同じ時間に二人の人間がこの椅子に現れることはできません」

「なるほど、そうですか」

佳代子は流の話に納得したように返事をしながら、

（夫の目的は、過去に戻って結婚を諦めさせることなのだから、未来に行ったって意味はないのに）

と、心の中でつぶやいていた。

「あなた？」

佳代子が声をかけても、望月は何も言わずに、過去に戻れるという席を見つめていた。その席には白いワンピースの女が座っている。過去に戻るためには彼女がトイレに立つのを待たなければいけない。

流が続ける。

「娘さんは、四年後から来たと言ってました。正確な時刻はわかりませんが」

「わかりますよ」

二美子が手を上げる。

「え？」

驚きの声を上げたのは流だった。

「実はわかるのよ」

「どういうことですか？」

「見たのよ、私。彼女の腕時計」

彼女は自分の左手首をトントンと叩《たた》いて見せた。

「女性って時計の文字盤を手首の内側に向けてつける人が多いでしょ？　でも彼女は外側に向けてつけてたのよ。珍しいなと思って見たの。デジタル表記のもので、時刻は十八時四十五分だった。しかも、日にちは十一月十一日。間違いないわ」

「つまり、四年後の十一月十一日十八時四十五分。完璧っスね」

流はドヤ顔の二美子に親指を立てた。

「どうされますか？」

条件は揃った。流が望月に問いかける。

だが、佳代子は思った。

（夫は未来には行かないだろう。未来に行っても夫の目的は果たせないのだから。だいたい、会いたいなら、四年後に直接この店に会いに来ればいいじゃない）

佳代子は黙ったままの望月の代わりに、

「残念ですが、夫は過去に戻って結婚前の娘に会うつもりだったので……」

と、断ろうとした。

だが、望月は佳代子の申し出を手で制した。

「え？」

驚く佳代子を尻目に、望月は、

「お願いします。私を未来に、娘のいる未来に行かせてください」

と言って頭を下げた。

だが、

（いつまで待たされるのだろうか？）

望月が未来へ行くと決めてから三時間が経っていた。佳代子は夕飯の支度があるからと言って帰ってしまった。店内の柱時計は三つともバラバラの時刻を指しているのであてにならず、望月は腕時計で時間を確認する。午後七時二十分。窓がないために確認はできないが、外はもう暗くなっているに違いない。その間、二杯のコーヒーを飲んだ。夕食には帰れるだろうと安易に考えていた望月の予想は外れ、さっきからお腹が鳴っている。

（彼らは、彼女は幽霊だと言っていたが……）

望月は、あらためて白いワンピースの女を見た。真夏には少し早い季節だというのに半袖のワンピースを着て、座して動かず、静かに本を読んでいる。客はその白いワンピースの女と望月の二人だけ。カウンターの中には時田数と流。流の胸では今年二歳になる娘のミキが寝息を立てている。流の妻、時田計《ときたけい》は、娘のミキを産んだ直後に息を引き取った。

我が子の成長を見ることができないのはさぞ無念だったに違いないと、望月は同じ親として心が痛むと流に告げた。

するると流は、

「実は妻も未来に行ったんです。中学生になった娘に会うために」

と、糸のように細い目をさらに細めた。笑ったようにも見える。

「なんと……」

望月は、流の話に腰を浮かせるほど食いついた。

「それで、会えたんですか？」

「ええ。だから、妻は笑って逝きました。未来で娘とどんな話をしてきたかは最後まで教えてくれませんでしたけど」

流はそう言ってレジ上の写真立てを見てはにかんだ。そこに写っているのが妻の計だった。笑顔の素敵な奥さんだと望月は思った。

「私は……未来に行って娘に会うことができても、あなたたちのような良い結末を迎えられるかどうかはわかりません。もし、過去に戻れたら、私は娘の結婚を許そうと思っていました。たとえ娘が駆け落ちをするという現実は変わらなくとも、許しておけば、困ったことがあれば娘は戻って来ることができる。相談にも乗ってやれるかもしれない」

望月はボソボソと独り言のように話しはじめた。

「そう思っていました。でも、四年後の未来でそれを伝えて、果たして娘にとってどのような意味があるのか。きっと、娘は今でも反対した私を許してはいません。その証拠に、これまで一度も連絡を寄越《よこ》したことがないのですから……」

目を伏せて、望月は小さなため息を漏らした。

「では、なぜ?」

過去に戻ろうと思ったのかと流は小さく首をひねる。

「それは……」

望月は過去に戻ろうと思った時の話を、ポツリ、ポツリと語りはじめた。

ある日の夕食で、望月は突然、佳代子に、

「洋子の好きな食べ物って何だ？」

と、問いかけた。

とくに意味はない。不意に口から漏れるように出た質問だった。

「何、突然？」

佳代子が驚くのも無理はなかった。二人の間で駆け落ちした洋子の話をするのはタブーになっている。

（口にこそ出さないが、妻は娘が家を出たのは私のせいだと思っている）

望月はそう捉えていた。

だから、望月が娘のことを話すとあからさまに不機嫌になる。

「好きな食べ物だよ」

だが、望月も出てしまった言葉を取り消すことはできない。

「確か、オムライスよ」

（そんなこと何を今さら聞いてるの？）

と、佳代子の眉間が物語っている。

「そっか」

「何？」

「なんでもない」

なんでもない話ではなかった。望月は答えながら、

（私は、娘の好きな食べ物も知らずに結婚に反対したのか？）

と、愕然《がくぜん》とした。

もちろん、食べ物の好みと結婚相手を同等に考えるなんて馬鹿げている。だが、恐ろしいことだと思った。

（私は娘の経験のすべてを把握しているわけではない。娘には娘の感性があり経験がある。娘の人生の舵取《かじと》りをずっと私がするわけにはいかないのだ。娘は私の手の届かないところで、必ず人生の選択を迫られる。その選択の結果、不幸になる場合だってあるのだ。だが、その都度、私がすべて助けるなんてことは不可能だ。守ることがすべてではない。乗り越える力をつけさせることこそ大事だったのだ。私は娘の幸せを願っているつもりで、娘の選択肢を狭めてきたのかもしれない）

この時になって初めて望月は、結婚に反対したのは間違いだったと気づいた。

「だから、私は娘の選択を信じ、待ち、いつでも帰ることのできる場所であるべきだったんじゃないかと……。あの時の私は、自分の考えを押し付けているだけで、本当の意味で娘の幸せを願ってはいなかった。そのことを、せめて、謝りたい。今はそう思っています」

人生には後悔してもやり直せないことがたくさんある。そのほとんどは感情のもつれである。とくに親子や兄弟姉妹、身近な相手とのこじれほど解決に時間のかかるものはない。どれだけ過去の発言や行動を後悔しても、相手に与えた心の傷は、相手の心に変化がない限り修復できない。

望月が語る言葉を数は静かに聞き流し、流は、

「そうでしたか……」

と、つぶやいて糸のように細い目をさらに細めた。

パタリ

不意に本を閉じる音が店内に響いた。見ると白いワンピースの女がゆっくりと立ち上がろうとしている。

望月は、思わず、

「立った」

と、声を漏らし、慌てて口を塞ぐ。だが、白いワンピースの女は望月には何の関心も示さず、静かに望月の座るテーブルの脇を音も立てずに通り過ぎ、トイレへと姿を消した。

望月が、

（それで？　どうすればいいのですか？）

と、目で訴えると、それまで一言も話すことのなかった時田数が、

「どうぞ、おかけになってお待ちください」

と、望月を促し、キッチンへと消えた。

望月は、流の「どうぞ」という視線を受け、椅子の前に立った。

（やっと、娘に会える。だが妻は、なんのために未来に行くのかと思っているだろう。おそらく今頃は夕飯の支度も済んで、私が帰ってこないことにイライラしているに違いない）

望月は、佳代子が帰る間際に小さなため息をついたのを聞いていた。それでも、望月の背中を押したのは、

（娘が私に会いに来ていた）

という事実だった。もし、その事実がなかったら、望月は未来に行こうとは思わなかったかもしれない。

（娘に会えたら、許してもらえるかもしれない）

　そんな淡い期待もある。

　望月は意を決して、白いワンピースの女が座っていた席に体を滑り込ませた。

　椅子に座ると、椅子を取り囲む空間が微《かす》かにひんやりとしているのがわかる。望月がそっと手を伸ばすと、数十センチ先に温度の境目がある。

（椅子が冷たいのではない。この空間の温度が他と違っているのだ）

　望月は、時間を移動できるという特別な空間に座っていることを嫌でも感じずにはいられなかった。

「お待たせしました」

　不意に数がキッチンから戻って来た。手には真っ白なコーヒーカップと銀のケトルを載せたトレイを持っている。これから何が始まるのか、望月には想像がつかない。そんな望月の表情を読み取ったのか、

「これから私があなたにコーヒーを淹れます」

　と、数が説明を始めた。

「四年後の未来に行かれるということでしたが、間違いありませんか？」

「ええ」

望月は答えて、チラリと流を見た。流もうなずいている。

「わかりました。未来へ行けるのは、私がカップにコーヒーを淹れてから……」

言いながら、数は望月の前に真っ白なカップを置いた。

「そのコーヒーが冷め切ってしまうまでの間だけです」

「冷め切るまで？　そんなに短いんですか？」

「はい」

「そうですか」

制限時間があるとは聞いていたが、予想外の短さだった。

望月は、白いワンピースの女がトイレに立つまでに何杯かのコーヒーを飲んだ。そのコーヒーを飲んで気づいたことがある。ここのコーヒーは他店に比べて少しぬるめだということだ。もしかしたらこれから淹れるコーヒーは特別で、熱いかもしれない。だが、もし、これまでと同様にぬるめであるならば冷め切るまでの時間は長くて十分。いや、七、八分。もっと短いかもしれない。そんなわずかな時間で、何年も会っていない娘の洋子に自分の思いをちゃんと伝えられるのだろうかと望月は心配になった。

望月は不安な面持ちのまま、

「わかりました」

と答えた。

「未来へ行ったら、コーヒーは冷め切るまでに飲みほしてください」

（一体、このめんどくさいルールはいくつあるのだ？）

望月は新たなルールを聞かされて、少しムッとした。

「飲みほさなかったらどうなりますか？」

意図的ではないにしろ、望月の言葉に苛立《いらだ》ちがこもる。だが、数は気にする様子も見せずに、涼しい顔で、

「飲みほせなかった時は、今度はあなたがその椅子に座りつづけることになります」

と、答えた。

「え？　私が？」

「はい」

望月はそれ以上の言葉を失い、黙り込んだ。数の返答には、たった一言だというのに、なんとも言えない凄味《すごみ》のようなものが感じられたからだ。こんな時に、数が冗談を言うようにも思えない。

（なるほど）

望月は唸った。過去や未来に行けるのだから、リスクがないわけがない。逆に納得できる。

リスクあっての奇跡なのだと。

「わかりました」

数も望月の顔色を見て、この件についての説明はもはや不要と判断し、未来へ行くための手順の説明に戻った。

「いいですか、これだけは覚えておいてください」

「なんでしょう?」

「未来で知った事実は、戻ってきたあなたがどんな努力をしても変わりません。これはルールで決まっています」

「は、はい」

望月は答えながら、その言葉の意味を理解できていなかった。

正確には、過去は起こってしまった事実だから、変えられないのは仕方がない。だが、未来は別。これから起こす私の行動には制限がない。そう思っていた。

「例えば」

彼女は続ける。

「未来へ行って、あなたは一週間後に車が盗まれることを知るとします。でも、どんな努力をしてもあなたの車が盗まれるという事実は変わりません」

「え？　どうしてですか？　盗まれることを知っているなら盗まれないように……あ！」

望月はこの瞬間に数が言おうとしていることを理解した。

それは、

「過去に戻ってどんな努力をしても現実は変わらない」

というルールの肝とも言えるし、穴とも言える。

望月は恐る恐る、自分が理解したことの言語化を試みた。

「このルールは、起きる事実ではなく、知ってしまった事実に対して適用されるということですか？」

「その通りです」

数は望月の目を真っ直《まっす》ぐに捉えてハッキリと言った。

望月は自分で言った言葉を頭の中で整理した。

例えば、未来に行って車を盗まれることを知ってしまった場合、車を盗まれないための努力はなんでもできる。車を隠す、警備員を配置するなど。つまり、未来に行ったことで車を盗まれるまでの行動が変わる。だが、盗まれるまでの行動は変わっても、盗まれるという事実を変えることはできない。

「なるほど」

望月はこのルールの確信に触れて、心が揺れた。未来を知るということは、下手をすると絶望というリスクを負うことになる。しかも、その未来はどんな努力をしても変わらない。

「よろしいですか？」

数はトレイに載せた銀のケトルに手をかけて、静かに望月に問いかけた。

未来へ行ってどんな事実を知っても、その事実を変えることはできない。もし、未来に行って洋子が不幸になっていることを知ってしまったとしても、望月は不幸になる洋子を助けることはできない。できないことを知りながら、生きていくことになる。

「その覚悟はありますか？」

と問われている。これが最後の確認ですよ、と。

（どうする？）

場合によっては四年間、つらい思いをすることになるかもしれない。

（それでも、音信不通だった娘が、娘の意思で私に会いに来た。そうしなければならなかった理由があるはずなのだ。ならば私が行かなければ娘は二度と私に会うチャンスはない。そうだ。迷う必要はない）

望月の心は決まった。

「お願いします」

望月は、銀のケトルに手をかけて返事を待つ数の目を見て答えた。

「わかりました、では……」

数はそう言って背筋を伸ばすと、一呼吸おいて、

「コーヒーが冷めないうちに」

と、ささやいた。

その瞬間、店内の空気がピンと張り詰めた。数はトレイから銀のケトルをゆっくりと持ち上げて、カップにコーヒーを注ぎはじめた。何気ない仕草ではあったが、その姿はまるでバレリーナのように優雅で美しい。

（あ……）

コーヒーが満たされたカップから一筋の湯気が立ち上る。望月はその湯気を目で追った。追っていたはずなのに、いつのまにか視界がどんどん天井に迫り、まわりの景色が上から下へと流れていく。いつの間にか、望月の体は湯気そのものになっていた。

（ああ）

望月の意識は流れる景色が速くなれば速くなるほど薄れていく。望月は、その薄れていく意識の中で、妻に出会った頃のことを思い出していた。

「あなたの第一印象は最悪だったのよ」

望月が佳代子にプロポーズした時に、言われた言葉だ。

入社して、まだ右も左もわからない研修中の佳代子に、望月は、

「おい、お前。仕事がないなら、ないと言え。突っ立ってるだけで給料もらうつもりか？」

と、乱暴に話しかけた。

「すみません」

「仕事がないなら、ないと言え」

当時のことを思い返して佳代子は、

「とにかく怖かった」

と振り返る。

「指示された仕事はやり終えていたのに、なぜ、怒られなきゃいけないんですかって言いたかった。でも、言い返せなかった。言ったら余計に怒らせるだけだと思って。とにかく、あの当時はこんな上司の下《もと》で一生働かなきゃいけないのかと絶望してたし。まさか、プロポーズされるとは思わなかった」

そう言って笑う佳代子を前に、望月は不服そうに顔をゆがめた。望月には佳代子を怯《おび》えさせる気は毛頭なかったからである。それどころか、望月の指示に懸命についてくる佳代子を高く評価していたのだ。

「おい、お前」

（名前も知らない君）

「仕事がないなら、ないと言え」

（もう、仕事は終わったんですか？）

「突っ立ってるだけで給料もらうつもりか？」

（もし、手が空いているのなら僕の仕事を手伝ってもらえませんか？）

じつは、望月が佳代子にかけた言葉は、言いたかった本心とはかけ離れていた。

とはいえ、望月がどう思っていようとも、言われた側はたまったものではない。それまでの新人たちも、この望月の態度を受けて、ある者は避け、中には退社してしまう者もいた。入社したばかりの若者たちには、望月の言葉の真意はなかなか理解できなかった。

新人の目には理不尽な上司に見える望月だが、責任感は誰よりも強く、本当は優しい。だから、望月をよく知る人間の評価は高い。

ただ、言葉遣いが非常に悪い。短い付き合いだけで望月の本心を見抜くことは、至難の業《わざ》だった。

だが、佳代子は逃げなかった。怖がってはいたものの、きちんと望月と向き合った。そんな佳代子の仕事ぶりを望月も評価していた。その評価は、時間の経過とともに好意へと変わっていった。

そして佳代子にとっても望月は、口下手ではあるが、本音は優しい、信頼できる人間になっていった。

「昔の私が聞いたら大反対されると思うけど」

佳代子はそう前置きして望月のプロポーズに応じた。

その三年後、洋子が生まれた。


「洋子」

呼びかけられた瞬間、洋子の心拍数が跳ね上がった。

過去に戻れる席に現れたのは、やはり父の望月だった。葬儀の夜、佳代子は「帰ろうとした」と言っていた。

(父は、あの日、この喫茶店に戻って来ていた)

駆け落ちして以来、一度も会わずに避けて来た望月が、今、目の前にいる。

「ママ?」

息子の充に呼びかけられて、ハッと我に返った。

見ると望月の視線も充に注がれている。

(お前の子なのか?)

大きく見開かれた父の目がそう訴えている。驚くのも無理はない。いきなり六歳になる孫と対面したのだ。

「そう。充よ」

「そうか」

声には出さなかったが、望月の口元が、

(みつる)

と、小さく動くのがわかった。充を見る目が優しい。

「いい名前でしょ?」

声が震えているのが自分でもわかる。

「ああ」

(息子を紹介できてよかった)

望月が亡くなったと聞いた時、洋子には後悔したことが二つあった。駆け落ちしたことと我が子を見せることができなかったことだ。

佳代子とは連絡を取り、時々会わせていた。充は佳代子のことを「ばあば」と呼び、よくなついていた。

(母は言葉にこそ出さなかったが、父と和解することを望んでいたに違いない)

洋子は意固地になっていた。まさか望月がこんなに早く逝ってしまうとは思いもしなかったからだ。

充はつぶらな瞳をくりくりさせて望月の顔を覗き込んだ。

「挨拶して」

洋子が声をかけると、充は上目遣いでニコリともしない望月の顔を覗き込み、

「こんにちわ」

と、頭を下げた。

望月はひどく動揺したのか、元々険しい顔がさらに険しくなった。この険しい表情に何度となく戸惑い、嫌悪してきたことを洋子は思い出した。

(だが、もう、私の生きる時間に父はいない)

二度と会えないと思うと、洋子の瞳に涙が浮かんでくる。どんなに反発しても、やはり、父は父だと思った。

「お父さん」

洋子は、勇気を振り絞るようにつぶやいた。

(言わなければ、今の私の状況を正直に。父の反対は間違っていなかった。あの時、父の言うことを聞いておけばよかった。今の私には行くところがない。だから、謝らなければ。勝手に出て行って、ごめんなさい、と。そして、父に許してもらわなければ、私に実家に戻る資格はない)

「お父さん、あのね」

でも、いざとなると声が震える。亡くなったはずの望月が目の前にいるのに、その望月の姿をまともに見ることができなかった。

「幸せなのか?」

「え?」

望月のくぐもった声に反応して顔を上げると、望月は目を伏せて、じっと真っ白なカップを見つめていた。一瞬、本当に望月が話しかけてきたのかもわからなくなる。

（空耳？）

洋子は、今聞いた声が本当に父親の言葉なのかどうか確信のないまま、

「あ、うん」

と、答えていた。

（違う。私は、今、幸せなんかじゃない。離婚して、結婚詐欺にあって、お金も住む場所もない！）

だが、声にならない。

「そうか」

無表情に望月はため息を漏らすようにつぶやいた。自分が結婚に反対した娘が、幸せになっているのだからおもしろくないのだろう。

だが、現実は違う。

望月が心配した通り、洋子は今、不幸のどん底にいる。

（父が現れて、すでに二、三分は経っただろうか。いや、人の体感なんてあてにならない。もしかしたら五分以上経っているかもしれない。私も過去に戻ってカップを触った時に気づいたけれど、ここのコーヒーはかなりぬるい。冷め切るのに、十分もかからないかもしれない。だとすれば、早く話さなければ）

洋子は顔を上げた。

「お父さん、あのね」

「私が間違っていた」

「え?」

一瞬、洋子は自分の耳を疑った。幻聴でも聞いているのだろうか、と。だが、それは紛れもない望月の言葉だった。

「ずっと後悔していた」

「お父さん?」

「すまなかった」

望月はそう言って、深く頭を下げた。

「違う」

洋子の声が小さ過ぎるのか、父は頭を下げたまま動かない。

「頭、上げてよ」

(お父さんは間違ってなんかない。間違っていたのは私。謝るべきなのは私なのに)

「あのね、実は」

顔を上げた望月の視線は、ひどく落ち着きがなかった。カップを見たり、瞬《まばた》きをくり返したり、洋子を目の端で捉えてはいるが、まともに見ることすらできていなかった。

「私、お父さんに言っておかないといけないことがあるの」

話しながら、洋子の頭は混乱していた。

（父が後悔しているなんて思いもしなかった。母からだってそんな話を一度も聞いたことがない。父は私のことを許すことなく亡くなった。そう思っていた）

「あ、あのね」

動揺して言葉に詰まる。空気が固まる。こうしている間にも、コーヒーは冷めていくというのに。

「じいじ」

不意に、息子の充が望月の膝にしがみつき、つぶやいた。

望月も突然のことに戸惑い、目を丸くして、

（じいじ？　この子は、私のことがわかるのか？）

と、訴えてくる。

「お母さんがね、スマートフォンの中にあるお父さんの写真を見せて『じいじ』と呼ばせていたのよ」

（正直に言えば、じいじなんて呼ばせるのは嫌だった。ただ、お母さんに、やめてと言えなか

っただけ）

　でも、今は違う。こんな日が来るとは洋子にも想像がつかなかった。

「やっと会えたんだから、じいじに抱っこしてもらおうね」

　洋子はそう言って息子を抱き上げ、望月の膝の上に下ろした。充は抵抗もせず、素直に望月の膝に乗った。普段から誰に対しても人見知りをしない充は、望月の顔を見上げて反応を待っている。

「初孫よ」

（お父さんにこの子を抱いてもらうのは、これが最後になる）

　洋子は涙がこぼれそうになるのをグッと堪《こら》えた。

　望月はしばらく固まったように動かなかったが、やがて、充の手をその大きな手で包み込み、

「初孫か」

と、小さくつぶやいた。

　望月の表情も緩んでいる。その顔を見た途端、さらに涙が込み上げてきた。

　泣くわけにはいかない。そう思って天井を見上げた時だった。

「もし、結婚をやめさせていたら、この子も生まれなかったのか。やはり、私が間違っていたんだな。すまなかった」

そう言って、望月は頭を下げた。頭を下げながら、内心では、

（よかった）

と、胸をなで下ろしていた。

この喫茶店には、どんな努力をしても現実は変わらないというルールが存在する。それは、「知ってしまった事実は変わることがない」ということである。つまり、これから何が起きようとも「孫が生まれたという事実」が変わることはない。

（本当によかった。ありがたい。これで、過去に戻っても娘の幸せと孫の誕生を信じて生きていくことができる）

望月はこの不思議な喫茶店のルールに心の中で手を合わせた。

「お父さん……」

洋子は頭を下げる望月を見て、慌てて背を向けた。洋子の瞳からは大粒の涙があふれた。体の震えを抑えることもできない。

（なぜ、父が生きている間に実家に戻ろうとしなかったのだろうか。どうして二度と会えなくなってからでしか、こんな大切なことに気づけなかったんだろうか。自分勝手でダメな娘。私はなんて親不孝なんだろうか）

感情が後悔と自責の念でごちゃごちゃになる。背後では、充の、

「じいじ？　じいじ、どうしたの？」

と、父の様子を窺《うかが》う尻上がりの声がする。その声の意味する状況は見なくても想像がついた。父も泣いているのだ。

（死んだ父に会えるなんて、本当はあり得ないことなのだ。この機会を逃せば、二度と会うことはできない。だったら、私の今の生活のことなんかより、許してもらうために謝ることより、もっとほかに、言っておくべきことがあるのではないだろうか？）

洋子は望月の目の前に置かれた真っ白なコーヒーカップを見た。気づくと、店内の柱時計がカチコチと時を刻む音がうるさいほどに耳に響いてくる。洋子はコーヒーが冷め切る前に立ち上がってしまったから予想もつかないが、望月が現れてから七、八分は過ぎている。このまま時間が流れれば流れるほど、カップのコーヒーは音もなく冷めていく。誰にも止めることはできない。望月との別れは、刻一刻と迫っていた。

「あ、そうだ」

洋子は涙を拭い、洟《はな》を啜り上げながら望月に向き直った。

望月も慌てて目元を拭う。

「私、お父さんに言わなきゃいけないことがあったんだった」

「ん？」

望月はまるで充に話しかけるように視線を伏せたまま答えた。

「私、駆け落ちしちゃったから言えなかったでしょ?」

「何を?」

「ほら、結婚式の前夜とかに娘がお父さんに向かって言う、お決まりの……」

そこまで言うと、望月は突然むせたように体を揺すりながら、

「やめろ、何を今さら」

と、吐き捨てた。望月の声の大きさに充が目をパチクリさせている。

だが、洋子は怯《ひる》まなかった。

「言わせて」

「やめろ」

「言わせてほしいの。お願い。一度しか言えないものだから」

そして、

(もう二度と父に聞かせることはできない)

再び、洋子の目から涙がこぼれ落ちる。望月の視線が洋子を捉えたが、すぐに目を伏せた。

望月は何も言わず、優しく充を膝から下ろした。充は望月の顔をチラリと覗き込むと、洋子の足元に駆け寄った。その間に望月は眉間にシワを寄せて、耳だけをこちらに向けた。

（聞く）

望月の意思表示に、洋子は小さくうなずく。

「お父さん、いつも、心配ばかりかけてごめんね。本当にごめんなさい。でも、私、幸せになるから。お父さんにはもう心配かけないから安心して」

洋子はそう言うと、一歩、望月の座る椅子の前に歩み出た。そして、涙のあふれた瞳でしっかりと望月の目を見て、

「今日まで、本当にお世話になりました。お父さんの娘でよかったです」

と、静かに頭を下げた。

その言葉を聞いた望月は一言、

「バカやろう」

と、つぶやいただけだった。

洋子は、その後のことをよく覚えていなかった。

（確か、ウエイトレスに声をかけられて、父はコーヒーを一気に飲みほして過去に戻って行った。しばらくの間、ひざまずいて泣き崩れる私の頭を、息子がなでてくれていたことは覚えている）

そして、洋子は家に帰り、改めて望月の遺影に手を合わせ誓った。

幸せになります、と。


四年前のあの日……。

喫茶店から帰って来るなり、夫は娘の写真を収めたアルバムを引っ張り出してきた。

何があったのかを聞いても、まったく話してくれない。だが、もしかしたら、本当に娘に会えたのかもしれないと佳代子は思った。

いや、間違いなく会えたのだ。なぜなら、娘の写真を見てあんなに嬉《うれ》しそうにほほえむ夫を見るのは久しぶりだったからだ。

「あなた」

佳代子は隣のダイニングキッチンから写真を夢中で眺める望月に声をかけた。

「今夜はオムライスよ」

「オムライス……？」

望月はアルバムをめくる手を止めて、手元の写真を見つめて、

「……ああ、今行く」

と、答えた。

写真の中で、洋子もほほえんでいた。

第三話　完

第四話

バレンタインチョコを渡せなかった女の話

「超能力が使えたらいいのに」

誰もが一度は考えたことがあるのではないだろうか。

一口に超能力と言っても、テレパシー（念話）、透視、予知、念視、念動力、空中浮揚、念写、超能力治療などさまざまな種類が存在する。八〇年代後半、日本では空前の超能力ブームが巻き起こった。連日、テレビではスプーン曲げや手を使わずにモノを動かすなどのパフォーマンスが披露され、子供も大人も心を奪われた。

中でも、透視能力にはより強い関心が集まった。透視能力とは、伏せたカードの模様を判別したり、封筒や箱の中身を視力に頼らず言い当てたりできるもので、他にも、見るだけで何も聞かずに対象者の過去や秘密などを知る能力を指す場合もある。もちろん、この能力は誰にでも備わっているものではない。通常、我々には壁の向こうは見えないし、相手が何を考えているかなんて読み取ることもできない。

反面、多くのネタばらしもあった。スプーン曲げにおいては金属疲労やテコの原理を利用した力技であるとか、透視についても協力者がいるなど、能力を披露する者とそれを暴こうとする者が対立する場面も多かった。

だが、もし、本当に相手の心が読めるのだとしたらどうだろう？

とくに恋愛において、相手の気持ちが透けて見えるようになれば、フラれるリスクを最小限に抑えることができる。

「好きです」

その一言が伝えられなかった経験が誰にでもある。なぜなら、告白において最大の難点は、相手の気持ちがわからないところにある。壁の向こうが見えないのと同じで、人は超能力者でもない限り、相手の気持ちを知ることはできない。しかも、気持ちには形がなく、日々、変化するものである。告白のタイミング一つ外せば、すれ違うことだってあるのだ。

ここにも一人、臆病の壁を乗り越えられず、その思いを伝えられなかった少女がいた。


渡せなかった……。

伊藤《いとう》つむぎは下校する七瀬《ななせ》隼人《はやと》を三階の教室から見送りながら大きなため息をついた。手にはかわいいリボンのかけられた箱が握られている。

「日和《ひよ》ったか？」

その様子を見ていた松原彩女《まつばらあやめ》が仁王立ちでつむぎの背後に立った。彩女は、年中真っ黒なつむぎと違い、同じ水泳部でありながら透き通るような白い肌にピンと跳ね上がった睫毛《まつげ》と大きな瞳の女子だった。

「一年に一度の好機を逃すとは……」

「言うてくれるな、彩女どん」

つむぎの顔がぐにゃりとゆがむ。


この日は二月十四日バレンタインデー。日本では一年に一度、女性が思いを寄せる男性にチョコレートを贈ることで知られている。

バレンタインデーの由来は、三世紀のローマにまで遡《さかのぼ》る。

当時のローマ帝国皇帝は、

「兵士が戦争へ行きたがらないのは、家族や恋人と離れたくないからだ」

と考え、兵士たちの結婚を禁じていた。

そんな中、結婚もできないまま戦地へ送られる兵士を哀れに思ったキリスト教司祭のウァレンティヌスは内緒で多くの兵士たちの結婚式を執り行っていた。

だが、そのことを知った皇帝は怒り、二度と法に背かないようウァレンティヌスに命じるも、ウァレンティヌスは愛の尊さを説き、その命令に従わなかったため、処刑されてしまった。

後世の人々は、司祭の勇気ある行動を讃え、処刑された二月十四日を、

【聖バレンタインの日】

と、呼ぶようになった。

さらに、旧暦では二月十四日は春の始まりであり、鳥がつがいとなる相手を選ぶ季節だと言われていたため、愛の告白にふさわしいということで、プロポーズの贈り物をする「恋人たちの日」になったという説がある。

「ふえええええ」

「泣くな、泣くな。かわいい顔が台無しぞ」

「気休めを言うでない」

「気休めなものか。ほれ、これで涙を拭くがよい」

彩女はつむぎの目の前に淡い水色のハンカチを差し出した。

「かたじけない」

二人の会話にはいつもおかしな言葉遣いが伴う。武士語と言われるもので「かたじけない」

「〜でござる」など、日本では時代劇などでよく使われる古風な言い回しである。

「不憫《ふびん》なやつじゃ。これほど恋こがれておきながら、なぜに渡せぬのじゃ？」

「聞いてくれるな。泣けてくる」

（私だって彩女のようにかわいければ……）

つむぎは気づかれないように心の中でため息をついた。


誰もが一度は経験する「好き」という感情。とくに思春期に経験する初恋は、純粋で、どこか儚《はかな》い。思い返してみれば、どうしてあんな相手を好きだったのだろうと不思議になることもある。


人間は、なぜ、人を好きになるのだろうか？

一説には、子孫を残すために遺伝子に刻まれたプログラムとも言われているが、それだけでは説明のつかない複雑な感情が入り乱れている。とくに、つむぎのように好きになった相手に自分の気持ちを伝えられないのは、好きになる理由が子孫を残すためだけであるならば不要な感情である。

「増えすぎる人口を抑制するため」

などと言われてしまえば元も子もないし、なんともつまらない。

好きな相手に素直に好きだと伝えることは決して悪いことではない。好きだと言われて嫌な気持ちになることは少ない。好意を伝えられることは幸せなことだからだ。

だが、できない。なぜなのか？　たった一言「好き」と伝えるだけなのに、心の中に立ちはだかる大きな壁がある。物理的な壁ではない。心が作り出した壁だ。人はその壁を前にして自分の行動を抑制する。なぜなら、壁の向こうに何があるかわからないからだ。

人間は未知なるものに恐怖する。足がすくむ。では、壁の向こうには一体何があるのだろうか。それは相手の「気持ち」である。壁で隠れて見えない相手の気持ち。こちらの「好き」に対して、相手も「好き」で応えてくれるとは限らない。もし、壁の向こうを少しでも覗《のぞ》くことができて、相手の気持ちを知ることができれば、壁は跨《また》げるほどに低くなる。つまり、壁は自分の好きを拒否されるのではないかという臆病によって作られている。しかも、この壁は過去のつらい経験によってさらに高くなる。

つむぎには、トラウマがある。

「俺、彩女のこと好きだから、ごめん」

中学生の時だった。つむぎは、告白した相手にこう言われた。

同じクラスで、とくに仲が良かった男子生徒だった。まわりからも「付き合っちゃえば？」

いなかった。だが、その男子生徒の目につむぎは映っては

と囃《はや》し立てられ、つむぎもその気になっていた。だが、その男子生徒の目につむぎは映ってはいなかった。

つむぎは、フラれた理由を彩女に言えなかった。

彩女は、

「つむぎを振るなんて馬鹿なやつだ」

と、ため息混じりに吐き捨てた。

今回、高校最後のバレンタインデーで七瀬隼人にチョコレートを渡せなかったのは、この時のトラウマが蘇《よみがえ》ったからである。

（もし、七瀬にも同じことを言われたら、立ち直れないかもしれない）

結局、用意したチョコレートは七瀬の手に渡ることなく、つむぎの父の胃袋へと消えた。

「お城、好きなの？」

彩女に最初に話しかけられた言葉を、つむぎは今でも覚えている。

彩女は中学一年の夏休み前に転入してきた。つむぎは休み時間に、やっと手に入れたお城図

鑑を眺めていた。突然、背後から覗き込むように話しかけられて、つむぎは咄嗟《とっさ》に、

「いや、好きってほどでは……」

と、嘘《うそ》をついた。

彩女はとてもきれいな子だった。転入初日に十人の男子に告白されたなんて噂《うわさ》もあった。そんな漫画に出てきそうな美人キャラクターに話しかけられて、つむぎは慌てふためき、なんて答えるのが正解なのかわからなかったのだ。

想像してみてほしい。平凡な一般家庭に育ったあなたが近所を散歩している。灰色のパーカーに同色のスウェットパンツとサンダル。ただの散歩だから、部屋着のようなラフな格好である。そんな格好で歩いていると、突然、後方からポルシェが近付き、あなたの脇に横付けし、止まる。出てきたのはブランド品に身を包む有名ハリウッドスター。まるで住む世界が違う。

そのハリウッドスターから、

「ステキなサンダルね？」

突然、予想外の言葉が飛んできた。

「あなたの貧相な格好を見ていると胸糞《むなくそ》悪くなるわ」

と、言われた方がまだ現実味がある。でも、違う。サンダルをほめられている。このハリウッドスターの問いかけに、どう答えるのが正解なのだろうか？

「履き心地最高ですよ。履いてみます？」

なんて言えるわけがない。ましてや、一般庶民がハリウッドスターに、

「きっと似合うと思いますよ」

なんて言うのも、失礼極まりない。

つまり、つむぎは彩女の美しさにビビッていたのだ。眩《まぶ》しすぎる存在であり、住む世界が違うと思っていた。

そんな彩女が、

「私はやっぱり竹田城《たけだじょう》が好き」

と、つむぎの耳元でささやいた。

「え？」

「竹田城よ。まさか、知らないわけないわよね？」

その彩女の発言につむぎの脳が歓喜する。

「天空の城！」

ラピュタではない。

兵庫県《ひょうごけん》にある、標高約三五〇メートルの山頂に築かれていた竹田城は、山全体が虎が臥《ふ》せているように見えることから別名「虎臥城《とらふすじょう》」とも呼ばれている。現在、この地域は秋のよく晴

れた朝に濃い霧が発生することがある。その時、朝霧が竹田城跡《あと》を取り囲み、まるで雲海に浮かぶように見える姿から、いつの頃からか竹田城跡は「天空の城」と呼ばれるようになった。

つむぎに言わせれば、天空の城と言えば「竹田城跡」のことである。

「築城当時は土塁《どるい》だったのを、赤松広秀《あかまつひろひで》の時に総石垣造《そういしがきづくり》にしたんだよね。広秀っていい仕事するわよね？」

つむぎは彩女の知識が嬉《うれ》しかった。

「わ、私は熊本城《くまもとじょう》が好き」

「加藤清正《かとうきよまさ》ね！　清正好きなの？」

「ううん。城の形が好きなの。とくに石垣。清正が近江国《おうみのくに》から連れて来た穴太衆《あのうしゅう》に造らせたきれいに反り返った石垣を見てると、こんなの絶対登れないじゃんってドキドキする」

「忍び返しね！　嬉しい。石垣見てドキドキする女子初めて会ったわ」

「あと、熊本城の千鳥破風《ちどりはふ》が好き」

「破風なら私は姫路城《ひめじじょう》だわ」

「姫路城も捨てがたい。でも、やっぱり私は熊本城」

つむぎは天にも昇る心地だった。

それまで歴史好きで城という共通の趣味で話せる友達はいなかった。ハリウッドスターが、実は同じサンダルを履いていたのだ。急に親近感が湧いた。それ以来、彩女はつむぎの親友になった。

つむぎと彩女は中学卒業後、同じ高校に進学した。偶然にも出会ってからずっと同じクラスが続いた。彩女はそれを運命だと言い、つむぎはラッキーだと思っていた。

二人で武士語を使いはじめたのは高校生になってからだった。ある日、つむぎがお弁当を持ってくるのを忘れて途方に暮れていた。それを知った彩女が「仕方ないな」と言って自分のお弁当を分けてくれた時、

「かたじけない」

と、つむぎが丁寧に頭を下げたのがキッカケだった。教室の片隅で、二人は大笑いした。何がおかしくて笑ったのかつむぎは覚えていない。ただ、なんでもないことで笑い合える友達がいる。歴史好きで城オタク。そんな二人だけの世界を武士語で共有した瞬間だった。

バレンタインデーが終わると、あっという間に卒業式だった。同じ大学に進むことになって

いたつむぎと彩女は、式の後、神保町《じんぼうちょう》のフニクリフニクラという喫茶店にいた。

店内には二人以外、一番奥のテーブル席に白いワンピースを着た女性客しかいなかった。

「お待たせいたし申した。塩キャラメルほうじ茶ラテでございまする」

大きな瞳のウエイトレスがへんてこな言葉遣いで二人に話しかけた。ウエイトレスの名前は時田計《ときたけい》。計の言葉遣いはこの喫茶店に通う二人の会話を真似《まね》たものである。計はこのおかしな武士語をとても気に入っていて、普段も武士語で接客をして流《ながれ》を困惑させていた。

「かたじけない」

彩女が応じる。

「ごゆるりとお過ごしくだされませ」

ニコニコと笑顔で頭を下げて計はキッチンへと戻っていった。

「どうも、卒業式は苦手じゃ」

つむぎは塩キャラメルほうじ茶ラテにストローを挿しながら、ため息混じりに吐き捨てた。

「皆、もう二度と会えないような顔して別れを惜しむ気持ちが理解できん。会おうと思えばいつでも会えるではないか？」

「確かにそうじゃ。七瀬にだって会おうと思えばいつでも会える」

「うっ……」

つむぎは自分の胸に手を当てて顔をしかめた。あの日以来、七瀬の顔を見るたびにため息をついているつむぎを、彩女は見逃していなかった。

「七瀬のことには触れてくれるな。その傷は未《いま》だ癒えておらんのじゃ」

「失敬」

彩女はニヤリとする。

「それより」

「ん?」

「お主、何故《なにゆえ》、東大を蹴ったのじゃ?」

つむぎの問いかけに、彩女はしばらく何も答えず、ただ、じっと手元の塩キャラメルほうじ茶ラテを見つめていた。

彩女は学年でも常にトップの成績を収めていた。つむぎの成績も悪くはなかったが、東京大学への合格を見込めるほどではない。

「そんなの決まっておる」

「なんじゃ?」

「お主と同じ大学に通うためじゃ」

彩女は真顔で答えた。

「え？」

つむぎには彩女の言うことが本気なのか、冗談なのかわからなかった。もし、本気だとしたらそんな理由で東京大学を蹴る彩女の真意がわからない。

「お、お主、気は確かか？」

あからさまに動揺するつむぎを見て、彩女は声を上げて笑った。

「な、なんじゃ？　なぜ、笑う？」

「冗談に決まっておろう。東大など、元々、行く気などなかったのだ。受かれば教師以外の仕事を目指していいと言われたから受けたまでよ」

彩女の父は大学の教授で、母は中学の校長を務めている。兄二人も高校の教師で、教師一家だった。だが、彩女の夢が高齢者の認知症ケアを扱う介護職であることはつむぎもよく知っていた。そして、つむぎの通う予定の大学には介護系に強い学部があることに間違いはなかった。

「驚かすでないわ」

「すまぬ、すまぬ」

「ところで……」

突然、つむぎが身を屈《かが》めて声を落とした。

「この喫茶店のある席に座ると過去に戻れるという噂は本当か？」

「ふふふ。まことでござるよ」

つむぎの問いに、彩女が待ってましたとばかりに答える。

「どこじゃ？　どの席に座ればよいのじゃ？」

「我らが後方の席じゃ」

「ぬ？」

つむぎが彩女の肩越しに白いワンピースの女の座る席を見る。

「先客がおるではないか？」

「さようで」

「どうするのじゃ？」

「噂によれば、あの者、一日に一回、厠《かわや》に立つそうじゃ」

「厠に？」

「その隙に座る」

「すると？」

「望んだ時間に行けるという算段じゃ」

「なるほど」

「つむぎは、もし、過去に戻れるとしたら、いつに戻りたいのじゃ？」

「ワシか？　ワシはもちろん一四六九年から一四八七年じゃ」

「まさか」

「そのまさかよ。一目でいい。熊本城が石垣から造られる様をこの目で見てみたい！　それがワシの夢よ」

「壮大な夢よの？　まさに過去に戻らねば見ることはできぬじゃろ？　うむ。さすがつむぎじゃ」

「彩女、お主はいつに戻るつもりじゃ？」

「ワシか？　ワシはまだ決まっておらぬ」

「なんじゃ、そりゃ？」

「たくさんありすぎるのじゃ。一つに絞るなんてできぬ」

「そうか。じゃ、お主が一つに絞るまで過去に戻るのは待つとしよう」

「うむ。しばし、待たれよ」

だが、この喫茶店では、望んだ時間には行けるが、座った席から離れることはできないし、まして、この喫茶店から出ることもできない。それに、制限時間がある。過去に戻っていられるのは、コーヒー一杯が冷め切るまでというほんの数分間に限られる。つむぎの望む、城が造られていく様を見届けることはできるはずもなかった。この日以降、二人が一緒にこの喫茶店を訪れることはなかった。

春休みに入り、つむぎの耳に妙な噂が飛び込んできた。

「七瀬隼人が彩女に告白してフラれたらしい」

真偽は定かではない。だが、つむぎの心をざわつかせたのは、そのことについて彩女からは何も聞かされていないということだった。

(なぜ?)

何も隠す必要などない。中学の時のことについて、彩女は何も知らないはずである。これが二度目であることで傷つくのは、つむぎだけが知っている。では、なぜ、彩女は七瀬に告白されたことをつむぎに黙っているのか。

(私が七瀬のことを好きだと知っているから気を遣ったの?)

噂を耳にしてから、つむぎは例えようのないイライラに苛《さいな》まれた。好きになる相手が二度も彩女に思いを寄せることは、ただの偶然でしかない。つむぎもわかっている。だが、頭では理解できても気持ちがついていかなかった。

(なぜ、彩女なの?)

他の女子であれば、仕方がないと諦めもつく。名前も顔も知らない相手であれば、彩女の前で泣いて忘れることもできたかもしれない。

だが、違う。

(私が好きになる人は、みんな彩女を好きになる)

(私より彩女の方がいい)

(私の何がダメなの?)

(彩女がかわいいから? 私には魅力がない?)

つむぎは悶々《もんもん》と悩みつづけた。

(彩女は何もしていない。私が好きになった相手を彩女が奪っているわけではない。私が好きになった相手が偶然彩女を好きになっているだけ。私より、彩女を選んでいるだけ。それだけなのに、私の心の中には彩女に対する負の感情が生まれている。彩女さえいなければと思う自分がいる。もし、もしも、三度目があったとしたら?)

さらに、つむぎの心の中には告白されたことを話してほしかったという思いと、話されていたら余計に感情が拗《こじ》れていたかもしれないという思いの、相反する二つの感情があった。

(彩女にしたって、どんな顔して私に話していいかわからないはず)

(どんな顔で話されても、私の劣等感に拍車がかかるのは間違いない)

結果、

（聞きたくない。知りたくない）

これがつむぎの出した結論だった。

以来、つむぎは彩女のことを避けるようになった。噂を聞いたのが春休みの間だったことと、大学が始まっても、学部が違うこと。高校の時までと違い、会わなくていい日ができたことで彩女と顔を合わせない日が続いた。

そんなある日の出来事である。

つむぎが仲良くなった男子学生と学内を歩いている時に、偶然、彩女と遭遇した。彩女は久しぶりに会うつむぎにいつものように武士語で話しかけて来た。

「あ、つむぎ！　久しぶりじゃの？　元気じゃったか？」

「あ、う、うん」

「ワシも決めたぞ」

「何を？」

「あの喫茶店で戻る過去に決まっておるじゃろ？」

「あ、ああ、その話ね」

「なんじゃ？　どうした？」

「あ、いや。私、ちょっと次の授業に遅れそうだから」

「ああ、すまぬ。久しく会えておらなんだから、嬉しゅうて、つい」

「あ、うん。じゃ」

「うむ」

つむぎは男子学生の手前、なんとなくモゴモゴとキレの悪い会話でやり過ごした。いつもと変わらぬ彩女の態度に、どことなく後ろめたさはあった。だが、七瀬が彩女に告白したという出所のはっきりしない噂はつむぎの頭から消えていなかった。

(今は距離を置こう。私が心の整理をつければ、また昔のように仲良くなれるはず)

つむぎはそう自分に言い聞かせた。

だが、その後が悪かった。

一緒にいた男子学生が、

「あの子、伊藤さんの知り合い？　かわいい子だね？　今度、ちゃんと紹介してよ？」

と、つむぎにささやいた。

「は？」

その時、つむぎの中の何かが壊れた。

(まただ)

苛立《いらだ》ちの原因は嫉妬《しっと》である。

（彩女と一緒にいたら私は幸せになれない）

この日以来、つむぎはさらに彩女を避けるようになり、大学を卒業する頃には一切の連絡を取らなくなってしまった。


「これが六年前の話です」

つむぎは一通り話し終えたことをカウンターの中で仕事に勤《いそ》しむ時田数《ときたかず》に目配せで知らせた。

「小さなすれ違いから疎遠になってしまうことってありますよね。わかります」

そんな共感めいたコメントを期待していたが、数は、一言、

「そうですか」

と、なんの感情も示さずにささやいただけだった。

数はこの喫茶店のウエイトレスで、過去に戻るためのコーヒーを淹《い》れる役目を担っている。

色白で切長の目をした端正な顔立ちではあるが、これといった特徴はない。一言で言えば影が薄い。口数も少なく、つむぎの期待するような気の利《き》いた返事をするタイプではなかった。

その代わりに、

「あんた、ひどい女ね」

と、カウンター席に座っていた着物姿の女がつぶやいた。平井八絵子《ひらいやえこ》である。

平井は三年前まで近所でスナックを経営していたこの喫茶店の元常連客で、今は宮城県仙台《みやぎけんせんだい》市《し》の青葉区《あおばく》で創業百八十余年の老舗旅館「たかくら」の女将《おかみ》をしている。毎年、この時期になると数時間だけ喫茶店に顔を出す。平井には交通事故で亡くなった妹に会うために過去に戻った経験がある。その日が八月二日。三年前の今日だった。

「え?」

突然、たまたま居合わせた初対面の平井に「ひどい女」だと言われて、つむぎは面食らってしまった。別に平井に聞かせるために昔話をしたわけではない。意見を求めたわけでもない。しかも、つむぎが期待していた共感とは程遠い、批判的な意見である。

(あなたには関係ないと思うんですけど)

喉まで出かかった言葉をつむぎはぐっと呑《の》み込む。自分の気持ちを見ず知らずの他人に正直に話せるほどの度胸はない。

平井の言葉が続く。

「どう考えたって、その彩女って子、本気であんたと一緒の大学に行きたくて東大蹴ったに決まってるじゃない。なんで、そんなこともわからないかな？　その子がかわいそうだわ」

「す、すみません」

つむぎは平井の派手な容姿に気圧《けお》されてしまい、謝りながらカウンターの中の数に助けを求めるが、視線すら合わせてくれなかった。

（ええ〜、助けてくださいよ）

それすら言葉にできずに狼狽《うろた》えていると、平井はくるりと体をつむぎに向けて、さらに追い討ちをかけてきた。

「好きだった男が友達に告《こく》っただけで拗《す》ねちゃってさ。私の一番嫌いなタイプだわ」

「平井さん」

さすがに数が見かねてたしなめる。

だが、平井の説教は止まらなかった。

「恋愛はね、弱肉強食なの。だいたい、あんたみたいにバレンタインにチョコレートも渡せないでウジウジ悩んで、挙げ句の果てに嫉妬しかできない女が幸せになれるわけないでしょ？　好きなら好き、ダメなら次！　気持ち切り替えて、男なんてその辺りにうじゃうじゃいるんだから、視野を広げなさい。待ってたっていい男なんて寄ってこないんだからね。好きだって言ったもん勝ち。男だってこっちの気持ち探ってんだから。言っちゃえばいいのよ。数打てばいいのよ、遠慮した方が負けなの。わかる？」

「は、はい」

ひどい言われようである。

平井の言っていることは無茶苦茶だった。歯に衣着《きぬ》せぬ物言いにはある種の爽快感があるが、言われているつむぎはたまったものではない。傷口に塩を塗られている気分になる。つむぎは、下を向いて情けなさに下唇を噛《か》んだ。

「平井さん、言い過ぎですよ」

そんなつむぎを見かねて、珍しく数が間に入る。

「だって、その、彩女って子がかわいそうなんだもん。私、こういう、嫉妬で人間関係壊していくタイプ嫌いなのよ。結局、自分がかわいいだけでしょ？」

「すみません」

思わず、謝ってしまうつむぎだったが、平井の言葉はグサグサと心に刺さった。そして、なぜか爽快感があった。つむぎは思った。

（もしかしたら、私は誰かに自分の過ちを指摘してほしかったのかもしれない）

平井の言葉で、つむぎの心の中で悶々としていた黒い感情が削《そ》ぎ落とされていく。つむぎは、今、そんな感覚になっていた。

エンジンのかかった平井の言葉が続く。

「その七瀬って男だって付き合ってみたら顔だけのクズ男かもしれないでしょ？　男なんて付き合ってみないとわかんないからね。強面《こわもて》のオラオラ系の男が二人きりになったら赤ちゃんみたいに甘えてきたり、真面目そうなやつに限って浮気性だったりするんだから。七瀬って彩女ちゃんに告って振られたんでしょ？　チャンスじゃない？　あ、もう昔の話か？　チャンスだったのよ。拗ねてる場合じゃなかったのよ。フラれた男なんて優しくすればイチコロなんだから。相手が誰を好きだろうが関係ないの！　大事なのはあんたが相手のことをどう思ってるかでしょ？　どれだけ好きかでしょ？　違う？」

「違いません」

つむぎは純粋に平井の言う通りだと思った。二十八歳になった今ならわかる。やり直せるものならやり直したい。つむぎは過去の自分に平井の言葉をそっくりそのまま聞かせてやりたいとも思った。

（でも、当時、私は若かった）

恋愛経験だって浅く、感情が先走る年頃だった。

その結果、今、ここにいる。

「あ、あの日に戻りたい」

と、後悔し、再びこの喫茶店にやってきたのだった。

三日前、つむぎは高校時代の同窓会に初めて参加した。

卒業後、何度か誘いはあったのだが、つむぎは彩女と顔を合わせるのが気まずくて参加しなかった。今回参加する気になったのは、幹事になった七瀬隼人から直接連絡が来たこともあったが、これまでの同窓会に彩女が最初の一度しか参加していないことを聞かされたからだった。

同窓会と言っても、高校を卒業してから何年も経《た》っているので、集まる人数もそれほど多くはなかった。つむぎと七瀬を入れて十人前後。集まったメンバーのほとんどが独身で、同窓会は飲み会のための口実と言ってもいい。三十歳を目前にして、あわよくばと思っている者もいるのではないかとつむぎは思った。

話の流れで高校時代、誰が好きだったのかという話題になった。当然、つむぎは本人を目の前にして正直に答えることはできず、その場にいない適当な男子の名前をあげて「知らなかった！」「マジで？」などとその場を大いに盛り上げた。

「俺は、つむぎと彩女は付き合ってるのかと思ってた」

誰かが言った。

「俺も」

「私も」

と、声が上がる。

「え？　私と彩女が？」

「だって、ほら、お前ら、めちゃくちゃ仲良くっていつも一緒にいたし、二人で『なになにじゃ』とか『かたじけない』とか変な会話してたじゃん？」

「いや、あれは」

そんな風に見られていたのかと、つむぎは心の中でため息をついた。いかにも中学生や高校生が言い出しそうな子供じみた見解である。

「俺はいいと思うんだよね。そういう偏見ないから。あ、でも、女と女は気にならないけど、男と男は嫌かも」

「私目線で言えば、逆よ。ボーイズラブはいいけど、百合《ゆり》は無理よ」

「そういうのを偏見って言うのよ？　知ってた？」

高校時代、城オタクだったつむぎには、彩女とのことで勝手に盛り上がる彼らとの思い出が何も残っていなかった。

（きっと、話のネタにされているだけだ。否定するのもめんどくさい）

つむぎは心の中でため息をついた。

「昔のことよ。今は旦那もいるし」

つむぎはそう言って、左手の薬指を掲げて見せた。

「え？　結婚してたの？　結婚式呼ばれてないけど？」

「結婚式してないもん」

「なんで？」

「そういうの苦手なのよ」

卒業式もそうだった。つむぎは行事というものが苦手だった。結婚だって婚姻届は出したが、それすらいらない手続きだと思っている。

「いや、でも、女子って結婚式したいんじゃないの？」

「どうなの？」

「私はしたいかも」

「相手は？」

「募集中でーす」

話は続く。つむぎの頭は妙に冷めていた。

（私と彩女の話だって、今は誰も気にかけていない。同級生だと言っても、何年も連絡すらとっていなかった。この中の何人が卒業式の日、別れたくないと言って泣いただろう？　今は泣いたことすら忘れているに違いない。すべては流されていく。あんなに好きだった七瀬のことも、今はなんとも思わない。どうして、あれほどまでに恋焦がれ、彼が彩女に告白したことに傷付いたのか。そう考えると、彩女とのことも昔のことだ。きっと、彩女だって、この場にいたら「ああ、そんなこともあったね」と、笑い話にしているはずだ。彩女には彩女の今がある。私のことだって、十年も連絡とっていない昔の友達でしかない。すべて過去の出来事。私だけが一人で気に病んでいたに違いない。もう、忘れよう。気にしても過去を変えられるわけでもないのだから……）

つむぎは目の前に置かれたジョッキのビールを一気に飲みほした。今日だけは、飲み会の雰囲気に興じてみるのもいいかもしれないと思ったからだ。

「そう言えば、初めての同窓会の時、彩女にも同じ話したんだよ」

誰かが言った。

「なんのこと？」

つむぎはこの同窓会の連絡をして来た七瀬の言葉を思い出した。彩女も一回目の同窓会には参加していたと。

「彩女とつむぎが付き合ってたって話」

「え？」

「もういい、やめろって」

話を止めたのは七瀬だった。

「なんで？　そん時、お前もいたよな？　その時も、そうだ、そうだってみんなで盛り上がって、そしたら、あいつ、突然、泣き出しちゃってさ……」

（え？）

「はい、その話は終わり！」

七瀬がパンと手を叩《たた》いて話題を変える。

「よし、二次会行こ！」

「二次会？　行く！　どこ行く？」

彩女の話を蒸し返した男はそこそこ酔っていた。名前を聞いてもピンとこない。つむぎの記憶にもほとんど残っていない男だった。きっと二度と会うこともない男の発言に、つむぎの心はなぜか掻《か》き乱された。掻き乱した本人は、すでに二次会のことで頭がいっぱいになっている。

「それさ」

なぜ、彩女が泣き出したのかを問いただそうとしたが、

「後で、俺から話すから……」

と、七瀬に止められた。


二次会の会場に移動して、ひとしきり場が盛り上がるのを待ってつむぎは七瀬を店の外へと呼び出した。さっきの話の続きを聞くためである。時刻は二十一時を少し回っていた。七瀬は今集まってるメンバーとはよく飲んでるんだと前置きをして、彩女のことを話しはじめた。

「確認なんだけど」

「何？」

「彩女のことはどこまで知ってる？」

「どういう意味？」

つむぎが首を傾《かし》げると、七瀬は無駄に周囲を見回しながら長い間をとった。まるで、彩女が隠れて聞いていないかを確認するように。

「実は、俺、彩女に告白したことがあるんだ。高校卒業してすぐの春休みに」

「そうだったんだ」

答えながら、つむぎは正直驚いた。卒業式の後、噂を耳にしただけであれほど動揺したのが嘘のようである。七瀬には失礼だが、本人から告白のことを聞かされても、つむぎは微塵《みじん》も動揺していなかった。

それよりも、今、気になるのは彩女のことだった。

「それで？」

「あ、うん。実は、俺、高一の時、同じクラスになってからずっと彩女のことが好きで」

「知らなかった」

つむぎは若干驚いて見せたが、うまくできなかった。

（いらない情報だ。ま、当時の私が聞いていたら荒れたかもしれないけど）

「俺、彩女と同じ大学行こうって決めて必死で勉強して、やっとの思いで東大受かったのに、あいつ、東大蹴っただろ？」

「うん……」

当時の記憶が蘇る。彩女はつむぎの欲しいものをすべて持っていた。美人で、頭もいい。努力知らずでなんでもできる。そして、当時はつむぎが思いを寄せていた相手からも好かれていた。押し込めていた嫉妬心が、じわじわとつむぎの心に蘇る。

「びっくりしたよ。普通、東大蹴らないだろ？　大学行ってからゆっくり距離縮めて、告白しようと思ってたのに」

七瀬は両肩をすくめる仕草を見せた。当時のショックは推し測れないが、今は笑って話せるようになったとでも言っているようだった。

「それで、俺、焦って告白してフラれたんだけど……」

ブー、ブー、ブー

その時、七瀬が手に持っていたスマートフォンが鳴った。七瀬は画面を確認すると、

「あ、ごめん、出ていい？」

「どうぞ」

「何？　どうしたの？　今日は同窓会だって言ったじゃん？」

七瀬の口ぶりから相手は彼女だと思われる。

つむぎはイライラしていた。七瀬がフラれたことと、同窓会で彩女が泣いたことがどう繋《つな》がるのかまるでわからない。

だが、一つだけ、はっきり思い知らされたことがある。

（私はさっき、彩女が泣いたと聞いて、心のどこかで満たされていた）

他人の不幸は蜜の味という言葉があるが、まさにそれである。つむぎは、彩女の不幸を聞いて幸福感を得ようとしていた。だから、気になったのだ。

（なぜ、泣いたのか？）

妬《ねた》み、嫉《そね》み。心の奥底に押し込めていた真っ黒な感情が、彩女の不幸を求めている。

七瀬の長い前置きに苛立つのも、

（彩女が泣いた理由を早く知りたい）

と、渇望している証拠だった。

（ああ、嫌だ）

直視したくなかった。彩女と自分を比べて、その不公平さを呪っている自分に気づきたくなかった。だから、彩女と距離を取ることでしか解決できなかったのだ。

だが、解決したわけではなかった。

（無理矢理、押し込めていただけ）

燻《くすぶ》った嫉妬の火は消えてはいなかった。

だが、反面、改めて思い出したこともある。

（本当は純粋に彩女の友達でいたかった。嫉妬心に染まらず、彩女の隣で笑っていたかった。いつまでも親友でいたかった。苦しいことも、悲しいことも、なんでも語り合える関係でいたかった。そんな関係が続くものだと思っていた。少なくとも高校生の時は続くと思っていた）

だが、続かなかった。すでに何年も連絡すら取らずに、彩女がどこにいるのかすら知らない。

つむぎは大きなため息をついた。

（もう、これ以上惨めな気持ちになりたくない。彩女が泣いた理由を聞けば、ある種の満足感を得るかもしれない。だが、その代償に、私は人として大事なものを失う。子供を授かった時に「優しい子に育ってほしい」と願うことに後ろめたさを感じるに違いない。私は嫉妬に狂って、人の不幸を喜ぶ人間なのだ、と）

全身から力が抜けて、七瀬に対する苛立ちもどこかに消えてしまった。

つむぎは天を仰いで、

「もういい。帰ろう」

と、思わず声に出していた。

顔を出しただけの二次会の会費を払うためにバッグから財布を取り出したところへ、七瀬が電話を終えて戻ってきた。

「ごめん、ごめん、で、どこまで話したっけ？」

「いや、もういい。私、これで帰るから……」

「あ、そうだ、そうだ、俺が彩女に振られたとこまで話したんだっけ？」

つむぎの言葉が聞こえなかったのか、七瀬は話を続けた。

（人の話を聞かないところは昔から変わってない）

つむぎは小さくため息をついた。

「その時、言われたんだ、私には好きな人がいるからって」

「え？」

つむぎは耳を疑った。当時、彩女に好きな相手がいるなんて聞いたことがなかったからだ。

（いや、そう言えば、中学校で同じクラスになってから、彩女が誰かを好きになったという話を聞いたことがない）

つむぎは七瀬以外にも部活の先輩や後輩にも興味を示していた時があった。そんな時でも彩女は、ただ笑ってつむぎの話に耳を傾けていただけだ。

（彩女に好きな人がいたなんて）

十年近く前のことなのに驚きを隠せない。

「相手は？」

無意識にそうつぶやいて、つむぎは財布から取り出したお札を手に持ったまま、七瀬の次の言葉を待った。

「これは、俺の、個人的な考えだから、本当のことはわからないけど……」

七瀬は頭をかきながら、つむぎから視線を逸《そ》らして口ごもっている。

「何？」

「彩女はお前のことが好きだったんじゃねーのかな？」

「え？」

さっき、つむぎと彩女との話題をやめさせたのは七瀬である。その七瀬から同じようなことを改めて言われて、つむぎの頭は混乱した。

「冗談言わないでよ」

「いや、冗談じゃなくてさ。だって、変だろ？　あいつ、めっちゃモテるくせに男子からの告白は全部断ってたんだぜ？　そしたら、考えられるのは……」

「え？」

七瀬の真剣な眼差《まなざ》しから、さっきの「付き合ってるのかと思っていた」という話題とは趣旨が違うことにつむぎは気づいた。

「彩女が、私を？」

つむぎにしてみれば、事実として付き合っていたわけではないのだから、特別否定する必要のない話題で済んだ。そして、彩女にとっても同じだと。

だが、女性である彩女が女性であるつむぎのことを好きだというのであれば、話は変わってくる。彩女がそのことを他人に知られたくないと思っているのであれば、つむぎとの関係を勘《かん》繰《ぐ》られてショックを受けてもおかしくない。

「嘘でしょ?」

「でも、同窓会で、あいつ、つむぎにだけは言わないでって泣いたんだよ。だから、きっと、あいつは自分がそうだってことをお前には知られたくなかったんじゃないかな?」

七瀬は、直接的な表現を使わなかったが、つむぎには七瀬の言いたいことは理解できた。


彩女は、同性であるつむぎに思いを寄せている。

目の前がぐらりと揺れる。

「そんな……」

つむぎは彩女をただの女友達として見ていた。いや、歴史好きだと知ってからは一番話のわかるオタク仲間、嫉妬心さえなければ親友でいたいとさえ思っていた。だた、それだけだった。

黙り込んでいるつむぎに、七瀬は小さなため息をつきながら、

「でも、ま、今となっては確かめることもできないもんな」

と、独り言のように漏らした。

「……え?」

「え?」

「確かめることができないってどういうこと?」

「え？」

「連絡が取れないの？」

つむぎの反応に対して、七瀬はあからさまに動揺の表情を見せた。

「え？　まさか、お前、知らなかったのか？」

（嫌な予感がする。聞きたくない）

「……何を？」

だが、聞かないわけにはいかなかった。つむぎの心拍数が上がる。

「俺もよくは知らないけど、癌《がん》か何かだったって」

「ガン？」

「同窓会に出た次の年だったかな、だから、もう七、八年前になるのかな？」

（思い出した）

「嘘でしょ？」

「ごめん、まさか、知らないとは思わなくて。いや、実は、俺も後から知ったんだよ。誰も葬儀には呼ばれてなくてさ。でも、お前は呼ばれてると思ってたけど……」

「そんな……」

「大丈夫か？」

つむぎは両手で顔を覆って呻《うめ》きながら天を仰いだ。

（あの時だ。ちょうどその頃、彩女から連絡《メール》が来ていた）


大切な話があるから会いたい。

あの不思議な噂のある喫茶店で待ってる。


彩女がその時、何を伝えようとしていたのかはわからない。だが、つむぎはその連絡《メール》の意図を勘違いしていた。

（今頃になって、やっと七瀬から告白されたことを話す気になったの？）

そう思っていた。

（今更だわ）

そう決めつけて無視してしまった。

でも、違ったのだ。

その日、つむぎは逃げるように七瀬の前から立ち去った。

「知らなかったとはいえ、私は彩女の気持ちも考えずに、彼女からの連絡を無視してしまったんです。彼女が待っているのなら、私は彼女に会うために過去に戻りたい。お願いします。私をあの日に、彼女がこの喫茶店で私が来るのを待っているあの日に戻してください」

つむぎはそう言って、深々と頭を下げた。

「うん、うん。なるほど、なるほど」

カウンター席で話を聞いていた平井が腰を上げてつむぎの前にずいと歩み出る。

「それは早く彼女に会いに行ってあげたほうがいいわね」

「え？」

「やーね、そんな大事な理由があったなら早く言ってくれればよかったのに。何、遠慮してたのよ？　彼女、待ってるって連絡くれたんでしょ？」

「は、はい」

「じゃ、行ってあげなさい。うん。そうと決まれば、早い方がいいわね」

さっきまでつむぎのことを責め立てていた平井であったが、手のひらを返したように協力的な態度で場を仕切りはじめた。

つむぎだって一刻も早く過去に戻って彩女に会いたいと思っている。

だが、問題があった。

「過去に戻るためにはあの人がトイレに立つのを待たないといけないんですよね？」

つむぎは喫茶店の一番奥の席に座る白いワンピースの女を見た。

「あら、よく知ってるじゃない？」

「高校の時に、話だけは聞いていたので」

白いワンピースの女を見ていたつむぎは、視線をレジ上の写真立てに向けた。写真立てには時田計の写真が飾られている。つむぎの記憶に武士語を話す計の姿が蘇る。

「そっか、そっか」

平井は慌てない。ルールについては平井の方がよくわかっている。平井はカウンター越しに数に、

「数ちゃん、あれ、やってあげてくれる？」

と、ポットを持って何かを注ぐようなジェスチャーを見せた。つむぎには平井が何をしようとしているのかまったく想像もつかなかったが、カウンターの中の数は、

「わかりました」

と、答えると静かにキッチンへと消えた。

「一体、何を？」

「実はね、彼女を無理矢理立たせる方法があるのよ」

「え？」

ジミーチュウオードトワレの香りを漂わせる平井の大きな瞳が一番奥の席に座っている白いワンピースの女に向けられ、

「大丈夫よ。すぐに過去に戻らせてあげるわ」

と、妖艶にほほえんだ。

しばらくして、キッチンから数がガラスのコーヒーサーバーを持って現れた。サーバーにはたっぷりとコーヒーが入っている。

数は白いワンピースの女の座る席の脇に立ち、

「コーヒーのおかわりはいかがですか？」

と、声をかけた。

何が起こるのかとつむぎは視線で訴えるが、平井は顎をしゃくって（ま、見てなさい）と無言で応じる。

「お願いします」

白いワンピースの女はそう答えると読んでいた本を丁寧に閉じて、目の前のコーヒーを一気に飲みほした。空になったカップに数がコーヒーをたっぷりと注ぐ。つむぎにはこのやりとりが何を意味するのかわからなかった。

（何をしようとしてるの？）

つむぎが首を傾げていると、数が驚きの行動にでた。

「コーヒーのおかわりはいかがですか？」

「え？」

つむぎは思わず声を漏らした。白いワンピースの女はまだおかわりのコーヒーを一口も飲んでいない。

「あ、あの」

思わず、止めに入ろうとするつむぎを平井が止める。

「いいから」

「で、でも」

つむぎが不審がっていると、

「お願いします」

という声が聞こえてきた。

「え？」

見ると、白いワンピースの女はさっきと同じようにカップのコーヒーを一気に飲みほした。

（な、何が起きてるの？）

つむぎが驚いている暇もなく、すぐさま数は空になったカップにコーヒーを注ぎ、再び、

「コーヒーのお代わりはいかがですか？」

と、尋ねている。

呆気《あっけ》に取られて見ているうちに三巡目が終わった。

「あれって」

「彼女、数ちゃんにコーヒーを勧められたら断れないんだって」

「どうしてですか？」

「そういうルールなの」

「ルール？」

「そう。他にもたくさん聞いたでしょ？　過去に戻ってどんな努力をしても現実は変わらないとか、この喫茶店で会ったことのある相手にしか会えないとか、そのめんどくさいルールの一つ」

「じゃ、まさか？」

平井の視線がお代わりのやりとりをくり返す二人に注がれる。

「そのまさかよ」

平井がつぶやくと同時に、白いワンピースの女が五杯目のコーヒーを飲みほして勢いよく立ち上がった。

そして、つぶやいた。

「……イレ」

「え？」

声が小さすぎて聞き取れず、つむぎは顔をしかめる。だが、行き先はすぐにわかった。つむぎと平井の間をすり抜けて白いワンピースの女が向かったのはトイレだった。

「さ、席が空いたわよ」

平井が戸惑うつむぎの手を引き、過去に戻れる席に押し込むように座らせる。

「ルールは大丈夫ね？」

「え、あ、はい」

「オッケー」

「でも、いざとなると彼女と何を話せばいいのか」

「でも、彼女は待ってるんでしょ？」

「え？」

「彼女は待ってるわよ、ずっと」

平井の、睫毛をはね上げた大きな瞳がつむぎを真《ま》っ直《す》ぐに見つめている。その瞳の奥には真剣さだけではない、重みというか、深い悲しみのような圧が感じられた。

「だったら、行ってあげなさい」

「どうして、急に……」

つむぎは赤の他人であるはずの平井が、突然、協力的になった理由が知りたかった。

「私の妹も待ってたのよ。私のことを、ずっと」

「え？」

「そして、死んじゃった。交通事故で」

「そうですか」

つむぎは、平井の瞳の奥に感じた悲しみの意味を知った。

「今でも後悔してる。なんでもっと妹に優しくしてやれなかったんだろ。妹の話をちゃんと聞いてあげられなかったんだろ。私は妹にとってひどい姉だった」

平井は大きな瞳を真っ赤にして声を詰まらせた。それでも平井は自分の気持ちを言葉にした。

つむぎの後悔と自分の後悔を重ね合わせているのかもしれない。

「会いに行ったところで、妹を助けることもできなかった。謝ったって妹が生き返るわけじゃないこともわかってたわ。それでも会いに行ったわ。もう一度、妹の顔を見たかったから。私はたくさん、たくさん妹にひどいことしたけど、それでも妹のことが大好きだったから」

つむぎは平井の言葉を聞きながら唇を噛み締めた。

「嫉妬はしてても、彼女のことを大切に思ってたことは嘘じゃないでしょ？」

「はい」

「なんで、あの時、あんなことしちゃったんだろって後悔してるんでしょ？」

「はい」

「だったら行ってきなさい。どうせ、何言ったって現実は変わらないんだから、思ってること全部ぶっちゃけてくればいいのよ」

平井は涙を流しながら、にっと笑って見せた。

「わかりました」

つむぎは背筋を伸ばして過去に戻れる椅子に座り直すと、フーッと大きく息を吐いた。

キッチンから数が戻ってくると、平井はカウンター席に戻って腰を下ろした。

数の持つトレイには、銀のケトルと真っ白なコーヒーカップが載っている。

「いいですか？」

数は席の脇に立ち、真っ白な空のコーヒーカップをつむぎの前に置いた。切長の瞳がつむぎに向けられる。

「これから私があなたにコーヒーを淹れます」

つむぎはこの時になって、自分を取り巻く空気が少しひんやりしていることに気づく。そして、さっきまで影の薄かったはずの数からの圧を感じた。店内が、急にピンと張り詰めた厳粛な空気に包まれている。

数が説明を続ける。

「過去に戻れるのは、カップにコーヒーが満たされてから、そのコーヒーが冷め切るまでの間だけです。よろしいですか？」

「は、はい」

わけもわからず思わず返事をしてしまったが、つむぎの見立てでは、コーヒーが冷めるまでの時間は十分から十五分。短いと言えば短い。だが、それはルールで決められたこと。とやかく言っても仕方がない。

（許してもらえるとは思わない）

つむぎにはそんな不安もあったが、

（でも、行かなければ一生後悔しつづけるような気がする）

と、それだけは疑わなかった。

「お願いします」

つむぎは数の目を見て、ハッキリ宣言した。数はつむぎの決意を読み取ったかのように、小さくうなずいた。

「では」

数はそう言って仕切り直すと、銀のケトルに手をかけ、

「コーヒーが冷めないうちに」

と、ささやいた。

音もなく、カップにコーヒーが満たされていく。少しも揺れない漆黒の表面には、天井で回るシーリングファンがはっきりと映し出されていた。

（きれい）

つむぎの目は満たされていくコーヒーに釘付《くぎづ》けになった。

やがて、カップにコーヒーが満たされ、一筋の湯気が立ち上るのをつむぎは見た。すると、眠気とも、目眩《めまい》とも言えない不思議な感覚がつむぎを包み込んだ。

（こんな時に眠くなるなんて）

つむぎはそう思って、手で目を擦《こす》ろうとして驚いた。

「え？」

見ると、手だと思っていたそれは、コーヒーから立ち上った湯気と同化している。気づくとまわりの風景がゆらゆらと大きくゆがみはじめている。

（か、体が浮いている？）

驚きすぎて、事態を把握しきれない。

「待って！　待って！」

誰に対して「待って」と言っているのかもわからない。完全につむぎの頭はパニックになっていた。気づくと、まわりの景色が上から下へとすごい勢いで流れはじめ、予想外の展開に、つむぎはまるでジェットコースターに乗っている時のように大きな声で叫んでいた。

「助けてーーーーーっ！」

薄れていく意識の中で、彩女と過ごした日々が走馬灯のように脳裏を駆け巡った。

「お主、恋をしておるな？」

「ぬ！」

「相手は七瀬じゃろ？　違うか？」

「ぬぬ、ど、ど、ど、どうして？」

「見てればわかる」

「ぬ」

「お主のことは、なんでもお見通しじゃ」

「不覚」

「せっかくじゃ、来月のバレンタインに菓子でも進呈してみてはどうじゃ？」

「菓子じゃと？」

「そうじゃ、卒業式も迫っておる。バレンタインこそ最後の好機。これを逃す手はあるまい？」

「むむむ」

「大学は別々ぞ？　何を悩む？」

「むむむむ」

「踏ん張られよ」

彩女はそう言って笑ってた。私は彩女の気持ちなんて全然気づかなかった。

むしろ、

（私もあんたみたいにかわいかったら）

と、羨んでいた。

でも、
「今度は三組の朝倉《あさくら》に告白されたらしいよ?」
時々、耳に入ってくる噂話に心を乱されていたことも事実だった。
(そのうち七瀬も?)
浮かんでは消える不安。
「でも、朝倉もフラれたらしい」
「また?」
彩女は彼氏を作らない。
(なぜ? 理想が高いから?)
七瀬が彩女を見ている。
(もしかして七瀬も?)
好きな男子の視線の先には、いつも彩女がいた。
私は彩女じゃない。
(私は彩女のようにかわいくない)
羨望は妬みに変わる。
(嫌な女だ。友達なのに)

心がどんどん黒くなる。

「七瀬隼人が彩女に告白してフラれたらしい」

フラれた後の七瀬を私は好きでいられなかった。彩女のことが好きだった七瀬をなかったことになんかできない。

「俺、彩女のこと好きだから」

中学生の時に言われた言葉は私の脳裏から離れない。離れたことがない。同じことのくり返し。彩女と一緒にいる限り、私は私の一番汚い自分の感情と向き合うことになる。

（彩女さえいなければ）

彩女は何も悪くない。

それなのに……。

大学生になって武士語で話しかけてくる彩女に言ってしまった。

「もう、高校生じゃないんだから、それ、やめてくれる？」

私は手放した。一方的に。

わかっていた。ただの妬みだった。

だから、彩女からの最後の連絡も無視してしまったのだ。

会って話をしたい。

彩女はきっと待っている。

あの不思議な喫茶店で、ずっと……。


眠りから覚めるように、つむぎはゆっくりと目を開けた。

コーヒーを淹れてもらう前と何ひとつ変わらない風景がつむぎの目に飛び込んでくる。

天井からぶら下がるシェードランプに、壁には年代物の大きな柱時計が三つ。そして、天井でゆっくりと回る木製のシーリングファン。

だが、さっきコーヒーを淹れてくれた数の姿はない。代わりにカウンターの中でくりくりした大きな瞳でつむぎを見つめるウエイトレスがいる。時田計である。計は薄いベージュのカーディガンにワインレッドの胸当てエプロンをつけている。

「あ」

「いらっしゃい」

無表情で淡々と話す数とは違い、感情がそのまま表情に出る計は、現れたつむぎに屈託のな

い笑顔を向ける。その瞳は、

（待ってました！）

と、言わんばかりに輝いて見える。

「あ、あの」

「彼女なら、今、電話よ。ほら、ここ電波入らないから」

そう言って、計はちょんちょんと人差し指を天井に向けた。この喫茶店は地下なので、地上にいると告げている。この喫茶店によく出入りしていた時に、何度か経験したことがある。

「そ、そうですか」

つむぎは計の対応に戸惑った。まるで未来からつむぎが来ることを知っていたかのような態度だったからだ。

「呼んでくる？」

「あ、いえ、大丈夫です」

咄嗟にそう答えて、つむぎは後悔した。これが過去にいるのでなければ、ゆっくり彩女が戻ってくるのを待てばいい。だが、今は違う。制限時間がある。つむぎは目の前のコーヒーが冷め切る前に飲みほさなければならない。つむぎはカップに手を当ててみる。まだ、十分温かい。でも、熱くはない。がんばれば一気飲みできる。予想以上にコーヒーはぬるかった。

（どうしよう、やっぱり呼んできてもらったほうが……）

手のひらでカップの温度を感じながら迷っていると、

「ケンカでもしたのでござるか？」

と、計がつむぎに声をかけた。

「え？」

ギョッとしてつむぎは顔を上げる。彩女とケンカしていることを見抜かれたことにも驚いたが、語尾の武士語が胸に刺さった。

「もう、高校生じゃないんだから、それ、やめてくれる？」

そう言って、彩女を突き放してから、ずっと拒絶してきた武士語。この喫茶店で仲良く談笑していた記憶がチクチクと胸に刺さる。

（もし、彩女が戻って来なかったら？）

つむぎは急に不安になって、前言を撤回することにした。

「あ、あの」

「呼んでくるでござるね！」

目があった瞬間、計はつむぎに何も言わせず、出口に向かって駆け出していた。

「あ、あの……」

カランコロン
あっという間の出来事だった。

「すみません」

そう言ってキッチンから顔を出したのは、この喫茶店のマスター、時田流である。

流は身長二メートル近い大男で、コック服に身を包んでいる。糸のように細い目をさらに細めて、計のお節介を申し訳なさそうに詫《わ》びた。

「妻は妻なりに、制限時間があることを知ってるので、早く彼女を、あ、あ、あなたに会わせたいのだと思います」

つむぎは「彼女をあなたに」という言葉に少し引っかかるものを感じた。

（私を彼女にではなく？）

わずかなニュアンスの違いだが、流の言う通りであれば、計は少なからず彩女に気持ちが寄っていることになる。そんなつむぎの気持ちが表情に出ていたのか、流がすぐに付け足した。

「彼女、五時間もここであなたを待っていたので……」

「え？」

「あんな性格ですから、妻も一生懸命話しかけていたんですけどね。彼女は結局、一度も笑顔を見せてはくれませんでした」

つむぎは流の説明を聞いて顔をゆがめた。胸が苦しい。

（私は彩女を五時間も待たせてしまった）

流が続ける。

「そしたら、未来からあなたが現れた。めんどくさいルールや、飲みほせなかった場合のリスクを聞かされて、それでも過去に戻ってくる人にはそれなりの理由があります。おそらく、あなたはこの日、この喫茶店には来なかった。そして、そのことを後悔している。違いますか？」

つむぎは大きく息を吸い、

「……はい」

と、答えるだけで精一杯だった。

つむぎは店内の柱時計を見た。高校生の時に、三つの大きな柱時計のうち正確に動いているのは真ん中の時計だけだと聞いた。今、真ん中の時計は午後四時を指している。

（きっと彩女は閉店までいたに違いない）

想像しただけで、自分が犯した不義理に腹が立つ。今思えば、取るに足らない些細《ささい》なことで、なぜ、こんなにも彩女を追い詰めたのだろうと、後悔の念しか湧いて来ない。

だが、そんなつむぎの思いを覗き見たかのように、

「そんな人ばかりです、その席に座る人は……」

と、流が静かにつぶやいた。

きっと、後悔を抱えた多くの人をここで見て来たのだろうとつむぎは思った。

（自分だけじゃない）

その事実がつむぎの深く沈みかけていた心を支える。

「長くなりそうスか？」

「え？」

「彼女との話」

流は話の内容を尋ねているのではない。二人の話に必要な時間を気にしていたのである。理由は一つしかない。コーヒーが冷め切るまでという制限時間があるからだ。

（どうなんだろ？）

些細な理由であっても、関係の修復に時間がかかることもある。お互いの主張を受け入れられず、何年も拗れたままになることも多い。人間の心とは、それほど複雑で、簡単にはいかない。相手を信じていればいるほど、裏切られたことに対する怒り、または悲しみは耐え難い。一方的に謝って終わるのか、それとも、余計に拗れてしまうのか。もしかしたら、不満をぶち

まけられて終わるかもしれない。つむぎにも想像がつかなかった。

（でも……）

一度拗れた関係のもつれを、コーヒー一杯が冷め切るまでの短い時間で元に戻せるとはつむぎには思えなかった。だから、つむぎは、

「わかりません」

と、正直に答えた。

「そうですよね？　わかります。じゃ、これ、入れときますね」

予想通りの返事だったのか、流は爪楊枝《つまようじ》のようなものを手につむぎの脇に立った。だが、どうやら、爪楊枝ではないらしい。流の手が大き過ぎて、一見、爪楊枝に見えてしまうのだが、それは銀色に光る金属の棒だった。

「なんですか、それ？」

「これを、カップの中に入れておけば、冷め切る前にアラームが鳴りますので、鳴ったら話の途中でも必ずコーヒーを飲みほしてください」

「アラーム？」

「はい」

流は金属の棒をつむぎの目の前にかざし、コーヒーの満たされたカップの中に入れた。流の

手から離れ、カップに入ったそれは、小さめのスプーンと同じくらいの大きさがあることがわかった。

「コーヒーが冷め切るまでに飲みほせなかった時のことは聞いてますよね？」

これも、高校生の時に彩女と一緒に聞いている。

（確か、幽霊になってこの椅子に座りつづけることになるって言ってたけど）

当時はまったく信じていなかった。だが、実際に過去に戻って来たのだから、もしかして本当なのかもしれないと思いはじめていた。

（幽霊に？）

背筋に冷たいものが走った。

「大丈夫ですか？」

流がつむぎの顔を心配そうに覗き込むので、顔を上げて、

「大丈夫です」

と、答えた。

カランコロン

カウベルの音につられて、つむぎは入り口を見た。

この喫茶店は、アーチ形の入り口の奥に大きな木製のドアがある。カウベルは木製のドアについているので、この時点ではまだ彩女の姿は見えない。見えないのにつむぎの心臓は飛び出しそうになっていた。膝の上に置いた拳と両肩に力が入る。

「もう、高校生じゃないんだから、それ、やめてくれる?」

大学生になって武士語で話しかけてくる彩女につむぎが放った一言。あの時の悲しそうな彩女の表情が蘇る。

「さぁ、入って、入って」

アーチ形の入り口の奥で計の声がした。

(すぐそこに、彩女がいる)

つむぎの体に力が入る。


この喫茶店で待っていると連絡をもらったのは、大学二年の時だった。つまり、アーチ形の入り口の向こうにいる彩女は二十歳ということになる。つむぎは現在、二十八歳。正直、自分より八歳も年下になる彩女に会うことに、今更ながら抵抗を感じずにはいられなかった。理由は明快である。高校時代ですら、彩女は同じ水泳部でありながら夏でも透き通るような白い肌を保ち、化粧なんてしなくても、元々のくっきりとした目鼻立ちのおかげで、校内の女生徒の中で一際目を引く存在だった。

（きっと、さらにきれいになっているに違いない）

そんな彩女と会いたい気持ち半分、会いたくない気持ち半分、というのがつむぎの正直な感情だった。

（神様は不公平だ）

つむぎは鏡の前で何度もつぶやいた。高校の時、大学の時、就職が決まった時、職場で知り合った彼氏との初めてのデートの時、そして、その彼と別れた時。つむぎは鏡の中の自分を見た。丸顔に腫れぼったい目、低い鼻、日焼けで残ったシミ、そばかす。鏡を見るたびに湧き起こる感情がある。

（私も彩女のようにかわいければ）

だが、彩女の気持ちを聞かされた今だからこそ、湧いてくる疑問がある。

（彩女は私のどこがよかったのだろうか？）

もちろん、人の好みなんて千差万別である。好きになるのに理由なんていらないのかもしれない。今思えば、七瀬を好きになった理由もよくわからない。

（同じ城オタクだったから？）

（でも、それじゃ、城好きなら誰でもよかったのでは？）

ひねくれた感情も湧いてくる。

（私が男なら、絶対、彩女に告白していたに違いない。城好きであの容姿なのだから好きにならない方がおかしい。でも、きっと、フラれる。彩女は男ではなく、女の私のことが……）

その時、

「久しぶりじゃのぉ」

と、彩女の声が聞こえた。しかも、語尾を奇妙に伸ばす武士語は高校時代の彩女そのままだった。艶やかで、落ち着いた美しいアルト。

『もう、高校生じゃないんだから、それ、やめてくれる？』

あの日以来、聞かなくなってしまった彩女の武士語。その声を聞いて、つむぎの心は一気に高校時代へと引き戻された。

だが、それも一瞬だった。

「……え？」

顔を上げて、正面の入り口前に立つ彩女を見て現実に引き戻される。

「彩女？」

「何という顔をしておるのじゃ？」

彩女は自分の頭をペシペシと音を立てて叩きながら、つむぎの前の席に腰を下ろした。

（見るべきじゃない）

そう思っても、つむぎの視線は彩女の頭部から離れない。離すことができなかった。

透き通るような白い肌、いや、青白い肌と大きな瞳以外、目の前に対座する彩女に高校生の時の面影は何ひとつ残っていなかった。絹のように艶やかな黒髪は、すべて抜け落ちてしまっている。髪だけではない。セーターの袖から露出する腕は細く、服の上からでも水泳選手特有の張りのある筋肉と脂肪が見事に削げ落ちているのがわかる。

（嘘でしょ？）

つむぎの頭の中は真っ白になった。

「なんじゃ、知らずに来たのか？」

彩女はそう言って優しくほほえんだが、その表情には寂しさが漂っていた。つまり、彩女はあの日以来、つむぎが自分と何年も連絡を取っていないことを、つむぎの表情から読み取ったのだ。

（見てられない）

彩女が亡くなったという事実は聞かされていても、まさか、こんなに変わり果てた彩女を目の当たりにするとは思わなかった。つむぎは今すぐにでもコーヒーを飲みほして、この場から逃げ出したい衝動に駆られた。

「いくつになったのじゃ？」

「え？」

「年じゃ」

「に、二十八」

「なんじゃと？　二十八？　お主、高校の時からちっとも変わっておらぬではないか？」

そんなことはない。この時点で八歳の差がある。どう考えてもつむぎの方が確実に年をとっている。だが、変わり過ぎた彩女の姿を見て、容姿について何と返事をしていいのかわからなかった。

「む？　なんと！」

彩女の視線がつむぎの手元を捉えた。

「結婚しておるのか？」

「え？　あ……」

つむぎは咄嗟に左手薬指を隠してしまった。

「彩女はお前のことが好きだったんじゃねーのかな？」

七瀬から聞いた言葉を思い出し、指輪を見た彩女が傷つくのではないかと勘繰ってしまったのだ。

（しまった）

つむぎは彩女から視線を外し、左手をテーブルの下へ隠しながら、無意識に右手でカップを持ち上げていた。彩女はそんなつむぎを見つめながら、小さく「ふぅ」とため息をついた。

「何を動揺しておるのじゃ？　まさか相手は七瀬ではあるまいな？」

「は？　ありえぬ！」

思わず武士語が出た。この際、指輪を見られてしまった痛恨のミスを武士語でごまかそうとしたのかもしれない。

「カカカ」

つむぎが目を剝《む》いて否定するので、彩女は声を上げて笑った。つむぎもなぜ自分が全力で否定したのか、わけもわからず笑ってしまった。

「正直、七瀬のどこが良かったのかワシには未だにわからぬ」

「若かったのよ。同窓会で会ってそう思ったもん」

二人はまた声を上げて笑った。

「お主の旦那はどんな男じゃ？」

「ただのオタクよ」

「そうか」

「ワ、ワシより歴史にうるさい」

「まことか？」

「何せ戦国武将を語りはじめると止まらん」

「誰推しじゃ？」

「真柄直隆《まがらなおたか》じゃ、じゃ」

「太郎太刀《たろうたち》の？」

「そ、そうじゃ」

「なかなかのオタクじゃの？」

「違いない」

そしてまた、二人は笑い合った。つむぎは自分が彩女につられて武士語になっていることに気づいたが、このままでいいと思った。このまま話しつづけていたいと思った。

だが、大事なことを忘れていた。

ピピピピ、ピピピピ……

コーヒーが冷め切る前に鳴るアラームが店内に響き渡った。

「あ」

つむぎの顔から笑みが消える。

（まだ何も話せてない！　もう少しだけ！）

助けを求めるようにカウンターの中の計と流に視線で訴えた。だが、計は目を伏せ、流は申し訳なさそうにゆっくりと首を横に振るだけだった。

「そんな……」

つむぎは泣きそうになった。

だが、

（え？）

正面の彩女を見るとニッコリとほほえんでいる。高校時代、この喫茶店のルールは彩女と一緒に聞いている。だが、アラームのことはついさっき流に聞いたばかりで彩女は知らない。

「あ、彩女、実は」

「わかっておる。時間なんじゃろ？」

「わ、私……」

謝らなければと思えば思うほど、言葉が見つからない。謝ったところでどうなるというのだろうかという疑問も湧いてくる。

ピピピピ

だが、時間は待ってくれない。心配そうにカウンターの中から見ている計の視線から状況は切迫していることがわかる。もし、つむぎがコーヒーを飲もうとしなければ、計が無理矢理つむぎの口に流し込むかもしれない。そんなイメージがつむぎの頭をよぎる。

(飲まなきゃ)

つむぎはカップに手をかけたが、それでも、

(このまま帰るわけにはいかない!)

と、カップを持ち上げることはできなかった。

「早《は》よう、飲め」

彩女が優しくささやくように告げる。

「なんで、そんなに冷静でいられるの?」

「ここでお主が幽霊などになったら、ワシの寝覚めが悪くなるじゃろが? 残り少ない命なのじゃから、これ以上ワシを苦しませんでくれ」

そう言って彩女はカカカと笑った。

（やめてよ！　そんな言われ方をしたら飲まないわけにはいかなくなるじゃない！）

「すまんな」

そんなつむぎの気持ちも見透かされていた。彩女はわざとそう言ったのだ。

「もう！」

つむぎは目を瞑《つぶ》り、コーヒーを一気に飲みほした。

「最後じゃな」

彩女はショルダーバッグからリボンのついた箱を取り出し、つむぎの前に差し出した。

「これは？」

ふわふわと体が宙に浮くような感覚に抗《あらが》いながら、つむぎはその箱を手に取った。

「チョコじゃ」

「チョコ？」

「今日はバレンタインじゃからの」

未来から来たつむぎにはわからなかったが、記憶の片隅で、待ち合わせが二月十四日だったのは覚えている。

「私、に？」

「ワシの気持ちじゃ」

「あ……」

これが女子同士の間で流行《はや》っている友チョコではないことは、耳を真っ赤に染める彩女を見ればわかる。

「そうじゃ」

「でも」

「わかっておる。どうこうしたいわけではない。ただ、伝えておきたかったのじゃ」

「だからって、こんなタイミングで……」

「ずるいと言われても仕方ない。じゃが、ワシはこのタイミングを待っていた。カケだったのじゃ。今のワシにはお主との仲を取り戻しておる時間はない。そうであろう?」

彩女の指摘に言葉もない。

事実、つむぎはこの待ち合わせを無視していたし、二十八歳になるまで連絡すらしなかった。

「でも、ここなら、いつまででも待てる。この喫茶店なら、ワシが死んだのち、未来のお主がいつか会いに来てくれるかもしれぬと信じておった」

「何で、何でもっと早く……」

「言ったところで、お主には受け入れてもらえぬことはわかっておったからの」

「でも」

「七瀬ごときにチョコを渡せなんだお主に文句など言わせんぞ?」

「それとこれとは」

「同じじゃ」

「え?」

「振り向いてもらえぬつらさは同じじゃ」

彩女は顔をゆがめて笑った。いや、笑おうとした。

そして、

「じゃが、思いを伝えられぬまま死ぬのはもっとつらい」

と、悲しそうにつぶやいた。もしかしたら、彩女の思いに応えられないつむぎを気遣って聞かせないようにつぶやいたのかもしれないが、つむぎの耳にはしっかりと届いていた。

「あ……」

つむぎの体が湯気へと変わり宙に浮きはじめた。

「ちょ、ちょっと待って!」

抗うように彩女に向かって手を伸ばすが、その手すらすでに形を成していない。湯気になったつむぎの体はどんどん天井に吸い込まれていく。

「彩女！」

「さらばじゃ」

「彩女！」

「安心せい。ホワイトデーは期待しておらぬ」

彩女は天井に向かって上昇するつむぎに向かって冗談とも本気とも言えぬ言葉を残し、満面の笑みを向けた。だが、その瞳からは大粒の涙が流れている。

「彩女！　あや……」

つむぎの体は完全に消え、声だけが微かに響いた。

「……め」

いつの間にか、つむぎがいた席には白いワンピースの女が座っていた。

「行ってしまった」

完全につむぎの消えた天井を見つめ、彩女は大きく肩を揺らして、両手で顔を覆った。

「つむぎ……」

膝からくずおれそうになる彩女の体を支えたのは計だった。

「よくがんばったね」

彩女は計の胸で声を上げて泣いた。

「この扉の向こうにつむぎがいるんですね？」

　地下二階の喫茶店の大きな扉の前に立ち、彩女は背後の計に問いかけた。この時の彩女は、髪が抜け落ちてツルツルになってしまった頭を隠すために、セミロングのウィッグをつけていた。

「そうだけど……」

　計は弱った体で階段を駆け下りた彩女が肩で息をしているのを見て、

「大丈夫？」

　と、声をかけた。

「大丈夫です」

　彩女は胸に手を当てて、息を整えながら、

「一目惚《ぼ》れだったんです」

　と、照れくさそうに独り言のようにつぶやいた。

「転校初日。教室の一番後ろの席に座るつむぎを見て、私は恋に落ちました。つむぎは、私の求めるかわいいをすべて持ってたんです」

彩女はゆっくりと扉のドアノブに手をかける。

「その日から私はつむぎのことばかり見ていました。つむぎの関心を引きたくて彼女の好きなお城オタクのフリもしました。初めて声をかけた時、心臓が破裂するかと思いました。あの時が一番幸せだった。七瀬に告白された時、嫌な予感がしました。中学の時にも、私は彼女に同じ苦い経験をさせてしまっていたから」

当時フラれた理由を、つむぎは彩女には知られないようにしていたが、彩女はちゃんと知っていた。

「その時、どうせならもっと早く打ち明けておけばよかったと後悔しました。つむぎに恋をしたその翌年のバレンタインに気持ちを打ち明けられていたら。もちろん、受け入れてもらえるはずもないから、つむぎとは気まずい関係になってたかもしれないけど、彼女を傷つけることはなかったのかもしれないと。だから、一言だけ、私は私がいたことで嫌な思いをさせて、ごめんねって謝ろうと思っているんです」

扉のドアノブを握る彩女の手に力が入る。

だが、扉が開く寸前、

「違うよ」

と、計が彩女に呼びかけた。計の言葉には彩女の言動に対する、明確な否定の感情が込められている。

計の予想外の言葉に驚いた彩女は、瞳を大きく見開いて振り向いた。

「違う？　何がですか？」

「もし、その時、告白していたらそれはただの一目惚れで終わってたってことでしょ？　でも、告白しなかったからこそ、彼女と素敵な思い出を作ることができたんじゃない？」

「思い出？」

「そう。告白してたら、確かに彼女を苦しめることはなかったかもしれない。でも、何も残らなかった。あなたにも、彼女にも」

「つむぎにも？」

「当然でしょ？　でなきゃ、わざわざこんなめんどくさいルールがある喫茶店まで、あなたに会いに来るわけないじゃない？　違う？」

「あ……」

「楽しいことも、苦しいことも、全部まとめて思い出っていうのよ」

計の言葉を聞いて、彩女の目から大粒の涙がこぼれ落ちた。

「泣いてる暇なんてないわよ。彼女が待ってるわ」

「はい」

彩女は涙で濡れた頬を拭って、被っていたセミロングのウィッグを取った。

「ありがとうございます。私、最後の最後で後悔するところでした。私は今の私を全部を見てもらいます。私の思いも。そして、あの日渡せなかったコレを……」

彩女はショルダーバッグから小さな箱を取り出した。真っ赤な包装紙に金色のリボン、そして、メッセージカードが挟まれている。

「渡したいと思います」

彩女はそう言って、喫茶店の大きな扉を力一杯開け、中に入った。


夢から覚めるようにゆっくりとつむぎの意識は戻って来た。

もう、目の前に彩女はいない。

店内を見回す。カウンターの中から心配そうにつむぎたちを見ていた計の姿はなく、数と入れ替わっていた。ただ、今にも泣き出しそうになっていた計とは違い、数の表情からは、その感情を窺うことはできない。冷静に事の成り行きだけを眺めている。

(夢だったのかもしれない)

無理矢理、そう信じ込もうと思ったが、手元に残るリボンのついた箱がそれを許さなかった。

そして、つむぎは自分の頬が涙で濡れていることに気づいた。

「どいて」

顔を上げると、トイレから戻って来た白いワンピースの女が目の前に立っていた。

「あ、ご、ごめんなさい」

つむぎは慌てて席を立つ。入れ替わるように白いワンピースの女がテーブルと椅子の間に体を滑り込ませた。つむぎは隣席に移動して彩女から手渡されたリボンのついた箱を置き、ショルダーバッグからハンカチを取り出し、涙を拭いた。

「どうだった?」

そう言って、カウンター席に腰掛けていた平井がつむぎに声をかける。平井の問いかけに、拭ったはずの涙が再びあふれ出る。

つむぎは、平井に背を向けたまま、

「何もできませんでした」

と、答えた。

(結局、謝ることもできなかった)

些細なことで意地を張っていた。もし、この喫茶店で待っていると連絡をもらった時に会いに行っていれば、彩女が病気だったことも、もっと早く知ることができたかもしれない。そうすればこんな悲しい別れにはならなかった。意地さえ張らなければ、最後の数か月を一緒に過ごせていたかもしれない。考えれば考えるほど、後悔の念は強くなった。つむぎの涙は、そんな自分が許せない後悔の涙だった。

「でも、会いに行ったじゃない?」

つむぎの背後から優しく平井が声をかけた。

「私は……」

つむぎは彩女から受け取ったリボンつきの箱を見つめながら、苦々しく表情をゆがめながらつぶやいた。彩女は最後の最後に、つむぎに対する正直な気持ちを告白した。突然の告白に、つむぎは戸惑うだけで何もできなかった。拒絶する気持ちはないが、どう接したらいいのかもわからない。きっと、そんなつむぎの態度は彩女にも伝わっていたに違いない。逆に彩女を傷つけることになってしまった。

「どんな努力をしても現実は変わらないのであれば、会いに行かなければよかったのかもしれません」

つむぎの言葉は鉛のように重かった。

「そうかもしれないわね、でも……」

カウンター席でタバコに火をつけながら平井がつぶやく。

「あなたの現実は変わらなくても、彼女の心は変わったんじゃない？」

「え？」

「彼女、あなたのことを待ってるって言ったんでしょ？」

つむぎは「はい」と答える代わりにリボンのついた箱を見た。

「じゃ、あなたに会えなかった彼女と、会えた彼女、どっちが幸せだと思う？」

「会えなかった彼女と、会えた彼女……？」

平井は「後は自分で考えなさい」と目で訴えて、ゆっくりタバコをふかした。

（彩女の心？）

確かに、考えてみれば、まるで違う。

彩女自身、

「思いを伝えられぬまま死ぬのはもっとつらい」

と、言っていた。

つむぎは彩女にもらったリボンのついた箱に手を伸ばした。箱の中身は彩女の手作りだと思われるチョコレートだった。箱とリボンの間に挟まれていたカードを見て、

「あ……」

思わず声が漏れる。

カードには短くこう書かれていたからだ。


伊藤つむぎさん、私はあなたのことが好きです。

付き合ってください。

二〇〇四年二月十四日　松原彩女

つむぎの両肩が大きく揺れる。

そのカードは、彩女がつむぎと「城」の話をきっかけに仲良くなる前の年、武士語で話すずっと、ずっと前に書かれたものであることが日付から読み取れた。彩女は、知り合ってからずっと、つむぎへの思いを伝えられずにいた。

その、思いがやっと……。

「彩女……」

つむぎの嗚咽《おえつ》が店内に響き渡る。だが、泣いているつむぎを咎《とが》める者はいない。数は仕事を続け、白いワンピースの女は静かに本を読んでいる。

平井は吐いたタバコの煙を目で追いながら、

「数ちゃん、コーヒーおかわりもらえる？」

と、ささやいた。

「あと、彼女の分も……」

「かしこまりました」

その後、数の淹れたコーヒーを平井とつむぎが一緒に飲む頃には、コーヒーはすっかり冷め切ってしまっていた。

『やさしさを忘れぬうちに』　完

＊この物語はフィクションです。実在する人物、店、団体等とは一切関係がありません。

［プロフィール］

川口俊和（かわぐち・としかず）

大阪府茨木市出身。1971年生まれ。小説家・脚本家・演出家。舞台『コーヒーが冷めないうちに』第10回杉並演劇祭大賞受賞。同作小説は、本屋大賞2017にノミネートされ、2018年に映画化。川口プロヂュース代表として、舞台、YouTubeで活躍中。47都道府県で舞台『コーヒーが冷めないうちに』を上演するのが目下の夢。趣味は筋トレ、サウナ、シーシャ。モットーは「自分らしく生きる」。

Twitter

川口俊和のつぶやき

普通のことを普通につぶやいています。リプには必ず目を通しています。時間のある時はコメントも返します。夢とか目標とか挑戦したいことのつぶやき多め。フォローして応援してもらえると嬉しいです。川口俊和が脚本・演出をする舞台の公演情報もこちらでチェックできます。

Ameblo

「夢はハリウッド@コーヒーが冷めないうちに」

2023年2月現在で世界36言語に翻訳されている『コーヒーが冷めないうちに』の情報とともに、ハリウッドで映画化されるまでの軌跡を残しています。あとは140文字でまとめきれない川口の作品や創作に対する思いを綴っています。

YouTube

「コーヒーが冷めないうちに著者の日常 Before the coffee gets cold」

『さよならも言えないうちに』の第四話「父を追い返してしまった娘の話」の元となった舞台の映像が視聴できます。舞台版では第一話として2019年11月に収録されました。小説の内容とは多少異なることをご了承ください。

やさしさを忘れぬうちに

2023年３月５日　初版印刷
2023年３月20日　初版発行

著　　者　川口俊和
発 行 人　黒川精一
発 行 所　株式会社サンマーク出版
〒169-0074 東京都新宿区北新宿2-21-1
☎03-5348-7800（代表）
印刷・製本　株式会社暁印刷

ISBN978-4-7631-4039-5　C0093
ホームページ　https://www.sunmark.co.jp